新疆情书

李颖超 著

中国西部女作家散文自选丛书

青海人民出版社

图书在版编目（CIP）数据

新疆情书 / 李颖超著 . -- 西宁 : 青海人民出版社，2018.7
（中国西部女作家散文自选丛书）
ISBN 978-7-225-05611-1

Ⅰ . ①新… Ⅱ . ①李… Ⅲ . ①散文集－中国－当代
Ⅳ . ① I267

中国版本图书馆 CIP 数据核字 (2018) 第 168578 号

中国西部女作家散文自选丛书

新疆情书

李颖超 著

出 版 人 樊原成
出版发行 青海人民出版社有限责任公司
西宁市五四西路 71 号 邮政编码：810023 电话：（0971）6143426（总编室）
发行热线 （0971）6143516 / 6137730
网 址 http://www.qhrmcbs.com
印 刷 陕西龙山海天艺术印务有限公司
经 销 新华书店
开 本 850 mm × 1168 mm 1/32
印 张 6.875
字 数 80 千
版 次 2018 年 12 月第 1 版 2018 年 12 月第 1 次印刷
书 号 ISBN 978-7-225-05611-1
定 价 32.00 元

目录
Contents

第一辑
西域风月

第二辑

西域风韵

第三辑

西域风情

第四辑

西域情丝

第一辑 西域风月

凝眸龟兹

出发去库车的那一天，我穿了一身的红装，我用这种方式表达我对此行的重视和对库车——这个昔日龟兹古国的喜爱之情。

每次出门，穿得最艳的那个人，一定是我。十四五岁时，同学们对我的印象是一身黑衣：夏天，黑衣黑裙；秋天，黑衣黑裤；冬天，黑大衣，黑裤子，白围巾……以至于在毕业留言册里，大部分同学都说感觉我只喜欢黑白二色，多了几分冷漠，少了几分热情……

彼时年龄尚小，就喜欢黑色。别人越不敢尝试的色彩越觉得好。

所谓青春，意味着对衰老的无知和无动于衷，对任何事、任何人都敢轻蔑，可是，在短暂的傲慢之后，每个人，都将承受来自岁月漫无际涯的羞辱……

“假如有通往东方的道路，那就是库车……假如有通往北方的道路，那就是库车……”，这是一首维吾尔族诗歌中的两句，诗中的库车就是历史上的“龟兹”，龟兹是西域三十六国中的大国。佛教曾经在这里盛行，我们从分布于库车周围的石窟中、那精美绝伦的壁画中便可以想象出这片土地曾经被佛光笼罩着的情形。它带着如同朝日初上的磅礴气势，沿着“丝绸之路”行云流水般东迤，从此开创了历时千载的中国艺术史上的黄金时代：可谓伽蓝灵胜，彩笔纷华、丹青千壁，盛极一时！

那时的中国以无比的自信欣然接纳了西来之风，同时进行了本土化的改造——史称之为“改张琴瑟，变夷为夏”，所以，当那些造像沿着丝绸之路往东去的时候，我们发现，她的鼻梁慢慢低了，眼窝渐渐浅了，笑容中也带上了几分世俗的人情味。

佛教何时传入龟兹，迄今未发现文献记载和地下文物的证实。据僧佑《出三藏记集》载，太康七年（286 年）译《正法华经》时，有竺法力龟兹居士帛元信参与校对。中国佛教四大译经家之一鸠摩罗什就出生在龟兹，他 7 岁出家，博学大小乘经论，名闻西域诸国。这说明，公元3世纪中叶的龟兹，佛教已经很发达。

龟兹自接受佛教到改信伊斯兰教历经了1000年左右的时间，在这期间，尤其是公元3至5世纪，龟兹佛教及其石窟艺术曾经对中原地区产生了极其重要的影响。

石窟寺是在大山的岩层间开凿出来的寺庙和僧舍，起源于古代印度。在历史的发展中，石窟寺渐渐发展成融会建筑、雕塑和壁画艺术的综合体，成为人类文明的结晶。龟兹石窟年代大致起于公元3世纪末或4世纪初，止于11世纪或略晚，前后经历800年之久。龟兹石窟残存至今的有500多座，除了克孜尔石窟和库木吐拉石窟的壁画残迹多一些，其他的如森木赛姆、克孜尔尕尔、玛札伯哈、吐火拉克埃肯、苏巴什、吐尔塔木等众多石窟中的造像早已剥落得干干净净。

我们一行人久久地流连在库木吐拉石窟中，在那著名的五连洞前，每个人的神情都是凝重的。

神都是人造的，人在造神的过程中，不仅寄寓了宗教情感的追求，同时也将自己的审美理想熔铸其中。佛家非常善于运用世俗的审美手段为宣传佛法服务，这点集中表现在对佛教偶像的美化和艺术加工上。不可否认的是，将佛像造像视为偶像而顶礼时所产生的精神慰藉，与将他们作为艺术作品欣赏时所产生的审美愉悦几乎是一样的。

对我而言，最熟悉、感到最亲切的便是菩萨，从小到大的读物中似乎观音菩萨是最务实的了，仿佛专门为解脱一切苦难现身于世。在这种俗世与现实需要的导引下，僧众们在宗教生活中渐渐把观音菩萨塑造成一位慈善、可亲、安详、端庄的东方妇女的典型形象，将东方的传统美德和人格理想都集中到菩萨身上。可以说，观音菩萨不是以神祇的力量使人敬畏，而是以人格的力量，以亲切温柔的母亲形象征服了我们。

我一直觉得，新疆留存的壁画上的人物看着都比内地的佛像舒服得多，大都身形苗条，体态婀娜。据说，这女菩萨在印度本土，个个都是乳房丰满、腰肢纤细、体态极轻盈的，而到了中土，越往东传因为气候、风俗、审美等种种因素不仅被穿上了衣服，而且身材也越来越敦实粗壮。

龟兹最早出现的毗诃罗窟，制作是比较简单的，一般是仿制普通民居,作为僧人生活休息之所。晚期的毗诃罗窟较大一些，并且有上下两层或有阶梯通道的双层窟。无论是纵券顶、中心柱式石窟，还是穹隆顶的方形窟……这不同形制的石窟，既能够在印度石窟中找到原型，又包含着中亚地区佛教徒的独创。

开凿石窟的原始目的是为了给出家僧人提供静心事佛、了结尘缘、超脱世俗、一心求灵魂安静的地方，所以石窟开凿地往往选择远离城镇喧嚣的地方。然而，这距离又不能太远，毕竟僧人不能不食人间烟火，他们要靠俗世的供养。

有丰富石窟艺术遗迹的西域诸国，都处在中国与中亚、西亚和欧洲相沟通的古代丝绸之路上。出河西走廊，过吐鲁番盆地，经龟兹，过于阗，这是古代丝绸之路通向中亚、西亚和欧洲的路径。而佛教东传，必先北上进入古代西域地区，经于阗，过龟兹，穿过吐鲁番盆地，然后向东进入河西走廊，经甘肃跨秦岭，入长安再进入中原腹地。无论是丝绸之西去南下，还是佛法之北上东来，都必须经过这三个西域古国。

现在看来，商路与佛路的一致，是佛教石窟艺术遗迹集中出现在丝绸之路古道的重要原因之一。

在去库车的一路上，我都在琢磨，龟兹壁画中那梦幻般的瑰丽，那神态逼真、含笑自如的菩萨；那婀娜多姿、翩翩起舞的仙女；那姿态妩媚、凌空翱翔的飞天；那五彩缤纷的鲜花纷纷扬扬；那不奏自鸣的乐器演奏着仙曲……它的光芒、它的繁华、它的开放……现代人真的能够读懂吗？

沙枣花开

一进库车，远远地我们就闻到了沙枣花的香味，那浓郁而热烈的香气仿佛能够穿透一切，闻久了，那香气丝丝缕缕渗入了每一寸肌肤中，让人眩晕而迷醉。

沙枣花的香，有一种淡淡的甜香和奶香。沙枣花很小，小得她不能够独立成章，她们必须一串一串地聚在一块儿，她们点缀在深绿的沙枣叶丛中，轻描淡写的那么一点儿黄，顿时让一棵树生动起来。

沙枣树的树干就像陈逸飞油画中老人的脸一样，镇定地迎接着风霜雪雨。棕色的树皮不够流畅和华丽，也没有足够的生气，却赋予了一棵树一种独有的从容和镇定。也正是这样，在树干映衬下，成穗的沙枣花显得妩媚极了。

感觉中，沙枣花的香气比朱自清写的荷花香不知要美多少倍。她不浓也不淡，小小的花瓣，竟能飘出令人心醉的香，真是不可思议。月色中的沙枣花真如朱自清形容的如碧天里的星星，她常常令人悠然入梦，让人忘却生活中的很多烦恼。即使是风沙漫天的日子，只要一闻到她的香气，便会觉得生活是那样的富有诗意。

自小，我就非常迷恋沙枣花的味道。

沙枣花大都开在路边或者乡村，如深谷幽兰，默默地开，淡淡地香……

站在沙枣树下，闭上眼睛，便能够感觉到她的味道纷纷飘落，软、轻，似雪落一般落在你的心里，一下子你就被她萦绕了，只要一点点，也有暗香盈袖的感觉。

闻着沙枣花，时间仿佛也静止了，没有一声的嘈杂，没有一丝的龌龊，没有一点点搔首弄姿，也没有一点点的刻意装扮，就这样，那些沙枣花，只是静静地，静静地绽放在枝头，让你生出无比的感动。

在我的眼中，沙枣花宛如一个聪慧的女子，美丽芬芳、善解人意，与世无争。

走在路上的我，对那一丝一缕的沙枣花香都特别地敏感，闻着闻着，一颗心都随着花香荡漾起来。

我一直被沙枣花那种奇妙的感觉打动着，气味，这个东西似乎可以唤起很久很久以前的记忆。后来，我知道人们是可以记住一种气味的，尽管它是无法用语言和文字描述出来的。

细雨绵绵的日子，沙枣花的香便越发的浓烈，难得的雨天，更有难得的香气。难怪金圣叹说，读西厢要扫地读之；焚香读之；对雪读之；与美人并坐读之。在我看来，一株沙枣树，就是一位美人。

库车县委的克尤木对我们说：在库车流行着这样一个说法，姑娘们只要一闻到沙枣花香就都想要出嫁了。可见沙枣花的香味是多么的撩人。还不到五月，它就已经弥漫在库车的每一个角落中，让游人们在一阵一阵的香气中醉掉。

我们问克尤木，一定要在春天嫁掉吗？克尤木说，那当然，春天不开花的女人，秋天不结果。

循着花香，我找到了她——左合拉。

在我的心中，花和女子是一体的，我甚至愿意相信，每一朵花的前世都是一位女子，而沙枣花那令人神魂颠倒的香气不是普通女子配得上的，比如香妃，比如阿曼尼莎。

任何一个女人，无论她面对什么样的生活，都有一些事物可以让她快乐，让她美丽。

对于库车的女子而言，这就是舞和歌。在这两样东西里，储藏了她们太多的梦。

那些美丽的女子，总让我想起那句“娴静犹如花照水，行动好比风扶柳”，形容林妹妹的这句唱词用在她们身上，竟然也很恰当。

细雨绵绵的日子，沙枣花的香便越发的浓烈，难得的雨天，更有难得的香气。

37 岁的左合拉已经不年轻了，可她依然是库车县龟兹歌舞团的台柱子，她 12 岁就进了新疆艺术学院的舞蹈专业班，毕业后来到龟兹歌舞团的时候，正是花一样的年龄。一位作家提到初见 20 多岁的左合拉的情景时，用了两个字——惊艳。这让我一下子就想到了沙枣花。

已经练了几个小时舞蹈的左合拉头发微散，皮肤白得透明，穿一身简单的练功服，身材好得足以让每一个女人嫉妒。她的普通话水平一般，可她脸上的表情是那样的动人，浅浅地一直微笑着。举手投足都像是美妙的舞姿，我没有瞬间惊艳，只觉得她的脸庞精致极了。听着她的讲话（尽管听不懂），我一直一直盯着她看，装着听懂的样子点头微笑。县委宣传部的买部长做我俩的翻译。他翻译的时候，我们便一起对着他微笑。

有人说，女人分两种：一种是带得走的女人，一种是带不走的女人。其实，女人只有一种——不是带得走带不走的问题，而是她肯不肯跟你走。

左合拉从新疆艺术学院毕业后，先是分到了阿克苏地区塔里木歌舞团，可她坚持回到了库车龟兹歌舞团，她的心一直在库车，谁也带不走。

一直以来，龟兹歌舞都以她神秘的面纱吸引着我，“我手挽飞天跳起胡旋，我面朝经卷放飞心愿。很久很久以前，风沙中走来我的祖先，黑眼睛的祖先，蓝眼睛的祖先，用驼铃把我送到这天上人间……”这是2005年中央电视台3套节目中《魅力龟兹》中的动人乐词，节目选取了龟兹乐舞《龟兹一千零一》大型乐舞中的《胡旋舞》《胡腾舞》《铃舞》等最能够展现龟兹文化魅力的舞蹈，从那时起，龟兹乐舞便一直萦绕在我的心中了。左合拉在谈到这些舞蹈时，眉飞色舞的，自豪极了。

2005年8月，龟兹歌舞团代表中国政府继1988年出访日本后再出国门，参加匈牙利、保加利亚举办的国际民间舞蹈艺术节。在为期22天的民间艺术节上，左合拉和全团的伙伴们用唯美的舞蹈和精美的服饰吸引了欧洲观众的眼球。《龟兹之光》让她们在世界的舞台上展示了古代龟兹国那盛世的岁月，左合拉说，《龟兹之光》是以千佛洞龟兹壁画为题材创作的歌舞剧，观众的情绪热烈极了，每次演出后，在经久不息的掌声中她们至少要谢3次幕。

一位叫西出尚子的日本女人2006年千里迢迢来到中国后，唯一的愿望就是到新疆的库车龟兹歌舞团，因为她18年前在日本看过龟兹歌舞团的演出，她还专门为演员们献了花。这一场演出，为她种下了一生的龟兹情结，18年前她42岁，踏上库车的土地时她已经60岁了，老人特地带着自己当年献花的照片，指着献花的人说，那就是我。全团演员感动之余，专门为她表演了一台《龟兹歌舞》，老人泪如雨下。想必龟兹的佛光将伴随她的一生了。

看着一张又一张的演出照片，我惊叹不已，左合拉看我张着嘴一副神往的样子，便拉着我的手来到了楼上的排练大厅，在门口正好碰上了她的丈夫艾尼瓦尔·哈斯木，艾尼瓦尔也是团里的演员，既作曲又演奏，我想给他俩合个影，两口子欣然答应，左合拉站在丈夫身边，一副小鸟依人状。

进到排练厅里，左合拉和团员们比画了半天，大家全部上场，音乐再次响起时，我呆住了，他们在给我一个人演出。感动在那一瞬间突然而至，一下子见到这么多生活在沙枣树下的美丽女子，任谁都得眩晕。真希望自己也变成一株沙枣花，年年春天在龟兹摇一袭幽香。

左合拉天生就是一块搞舞蹈的好料子，她站在队伍里，里面应该有一多半人年纪都比她小，可是只要音乐一响起，她便像一朵花一样的盛开了，那样热烈而专注，她的全身都在动，每一个细胞都在动……我的眼睛舍不得离开她一点点。原本我是有点疑问的，怕她们无法展现出大唐宫廷乐舞的美妙佳境，怕她们不能够完全理解龟兹壁画中那独具匠心的构思，可是，那一刻，我释然了。

我错过了库车的杏花，可是我赶上了沙枣花的绽放，她们都在春天——盛开了……

一场巴扎

巴扎，维吾尔语，集市之意。库车是古代丝绸之路的交通要道、商业贸易的集散地。丝绸之路的开拓，犹如一条金光灿灿的大道，给古龟兹人带来了前所未有的好运气。

这一历史变化，改变了维吾尔民族原先单一的畜牧经济，使他们开始从事农业和商业活动。很快，他们成了漫漫古丝道上最活跃的商人。

在库车出土的那些引人注目的铜镜、漆器、丝绣以及金银、玛瑙等饰品，有的来自中原，有的则是从印度和波斯远道而来。

古代维吾尔族人在东西方文化频繁的交流中，得到了巨大的回报。于是，经商人数骤增，经商技艺日臻娴熟。

古漠之地原本无巴扎，起初只是一两人、三五人在那里摆摊设点。有了若干摊铺，就有了好巴扎者若鹜。天长日久，摊铺越集越多，自然排列成行，有了气势，便形成了市场。维吾尔人生性豪爽，豁达开朗，哪里人多，哪里热闹，哪里就有巴扎。

巴扎上人多，可摊主们一点儿也不乱分寸，卖土陶的不会往衣料摊边凑；卖风味小吃的也不会在小百货摊边套近乎。

对我来说，逛巴扎并不希望买些什么东西，只是想去体验一下这浓郁的风情。光是游走其中就已经是一件很快乐的事儿，一路逛下来，才发现逛巴扎真的是一种享受，巴扎上洋溢着的气氛是热烈的，沿着人群和驴车涌动的方向望去，一大片密密匝匝的人头、驴车和各色的商品挤满了巴扎，卖瓜果的，做小吃的，售药材的，卖农用土特产品的，还有驴鞍马具，毡毯花帽，铁器小刀，牲口木材，在这里都可以见到。

逛巴扎对库车人来说已经不亚于一个节日，也许只有这定期的巴扎才可以提供给寂寞的农人们一种社交和娱乐的理想场景。

维吾尔族人逛巴扎不一定非要买什么，他们会在巴扎上逗留很久，从开市到散市，不停地逛，不停地走，和每个相识的人打招呼，与每一个相熟的人交谈，在各个摊位前欣赏各种精美货物，和每个摊主讨价还价。有时，一家人逛一天巴扎，可能在巴扎上只吃了一顿拉条子、馕或是一盘凉粉……

女人们花孔雀一样地在人群中穿梭，她们的眼神大都不会在某个摊位上停留太久，总是一瞥过后就把视线定在了过往的男人、女人身上。看男人，是想从他们眼中找到自信，看女人是在比试谁的衣裳更加靓丽。男人们看来更喜欢逛巴扎，有钱没钱都可以逛巴扎，逛累了，坐在路边看美女，看一天也没人管。

巴扎日，好像全城的人都出来了，还有全城的驴，一辆辆驴车、马车统统向着巴扎的方向涌去。一进巴扎，一股浓烈的混合了尘土、民族小吃、水果、驴粪、牛羊等各种的气味便扑面而来。这是巴扎特有的空气，也只有在这种弥漫的空气里，才能真正触摸到巴扎之魂。说实话，我从来没见过这么多的驴聚在一起，龟兹古渡的大桥下面，花花绿绿的驴车一眼望不到边，河两岸满是毛驴车和晃动的人群。

那天，我站在桥头往下看，来来往往，满目繁华，热闹中竟然透出一分恬静来。驴车的主人们有的在聊天，有的干脆睡在有太阳的地方，似乎他们把驴车赶到这里便完成了任务，买卖对他们来说，仿佛一点都不重要。年纪稍大些的妇人们更有意思，几十个青杏也被她们精心地分成小堆，至于有没有人买并不重要，这堆青杏边一定会有三四个人热情洋溢地扯着家常。过往的行人跟她们毫无关系，连看一眼的兴趣都没有；只有她们——那些年轻的女孩子们兴高采烈地走走停停，仿佛一场巴扎能够改变她们的命运，仿佛她们要等的那个人就在不远处看着她们。她们中的许多人就这样在一场又一场的巴扎中添了皱纹，添了辛酸，一季又一季的花儿在巴扎中盛开又枯萎……

老的、少的、男的、女的都涌到了巴扎上，心绪烦闷逛巴扎，每逢喜事也逛巴扎。巴扎成了维吾尔族人难以名状的一块精神之地。

如果你想带点手工艺品回家的话，最好别在商场、旅游点买，逛逛巴扎，你会发现，这里是一座淘不尽的聚宝盆。

琴声悠扬，那个叫加依的地方

站在尘世间，看见日头缓缓落下，来来去去的人消失了，那扇门关闭了，我们像根本没有存在过似的。但是旅途中的风景，怎么能没有那温柔的心意去做传递？

一张张有灵魂的照片，一段段有感情的文字，以及那文字和照片的背后，细致地展示着我们的感受，路途中的一切都将成为一段美好的人生记忆，在那些黯淡的日子里，她可以抚慰你的心灵……

加依——相遇在春天

知道新和县有个乐器村，可从来没去过，接到采风通知时，单位正忙得紧，但一个从没有去过的地方对我是非常有吸引力的，于是，硬是挤出时间，来了。

下了飞机，一进新和县，整个身心突然放松起来，原先脑袋里塞得满满的琐事全都放下了，早春的阳光暖暖地洒在身上，轻柔的风儿吹拂着脸颊，舒服极了，南疆的春天悄悄地到了。

曾经，我以为库车就是古龟兹，后来才晓得，龟兹国以库车绿洲为中心，最盛时辖境相当于今天的轮台、库车、沙雅、拜城、阿克苏、新和六个县市。

龟兹国，是我国古代西域大国之一。当地的居民自古以来擅长音乐，闻名中外的龟兹乐舞就发源于此。所以，新和县加依村能够成为令人瞩目的手工乐器制作村，一点也没有让我感到意外，有那么丰厚的土壤，那么优良的种子，开花结果是必然的。

一个地方的独特与否，离不开这块土地本身所具备的独特文化。

在城市经营者的眼里，每座城市都有它的文化内涵与特性，每座城市都是一个具有独立个性的，灵动、鲜活的生命体，都是有城市灵魂存在的。这个“魂”，我们可以把它看作是一种文化，也可以称作是一个品牌。

而新和县加依村的灵魂便是民族乐器，这里的乐器、这里的歌、这里的舞蹈，能够让一个人的内心轻舞飞扬。

当我们在落日的余晖下登临苍凉宏伟的柘厥关，走进充满悲壮气氛的通古孜巴什古城，步入龟兹文化博物馆，注目那巧夺天工的文物时，展现在眼前的一切分明是一幅幅瑰丽夺目的历史画卷……

云山苍苍，江水茫茫，读山品水，意味深长。只要你留意，只要你愿意，你会发现我们身边的事物如此美好：一个好姑娘，一个好地方，一曲木卡姆，一枝玫瑰花……都是值得我们流连和回味的。

在路上，有时候可以发现很多东西，那些东西也许对加依村的人们来说，再普通不过，可在我眼中，这一切却是那么厚重和踏实。在加依村的村民院落中，看着牛羊鸡鸭闲散地沐浴着阳光；在村里最漂亮的水泥路上，看见来来往往的，你今生再也不可能见到的人；在灯火初升的时刻，一刹那绽放的烟花燃亮了小城的风景……那么生动、那么美！

如果，我始终在一个短暂的空间里生活，我也许永远体会不到这样丰富的元素，有时候问问自己的内心，原来我还是渴望着在路上的生活，对那些没到过的地方我有着由衷的向往。

虽然我们到时还是早春时节，但加依村在我的眼中已然是缤纷绚丽了，赤橙黄绿一色不少，绿色就是那些正在悄悄往外拱芽儿的桑树、枣树、苹果树，是加依村的本色；黄色是加依村的底色，它们以乐器的形态，述说着加依村的前世与今生；橙色是加依村温暖的夜色，也是她的食色；红色就是葡萄酿成的美酒啊！饮一口，那醇香就深深留在了你心中，再也散不去，热辣辣的仿佛新和人那滚烫的一颗心……

在加依村，无论老中青的手工艺人，都给我们讲了这样一个故事：

很多很多年以前，有四个一直生活在北疆的维吾尔族汉子，他们都做了一个相同的梦——在南疆，有一块丰腴的土地，那里才是他们最终的故土。

四个人深信这是命运的启示，于是千里迢迢沿着梦中的记忆寻找到此，他们并没有发现这里便是梦中的目的地，在饥寒交迫的困境中，其中一人沿原路返回了。

剩下的三个人仰望上苍，叹道："我们的手杖插过的地方，若能发芽，我们的葬身之处就在那儿了！”

说完这话，三个人又累又困，不知不觉中睡着了。醒来后，惊奇地发现，原本插在地上的三根手杖，一个变成了棵柳树，一个变成了棵杨树，还有一个变成了一棵桑树，三个人惊喜不已，大声喊着："加依、加依（我的地方）"，各自奔向属于自己的一棵树。

奔向杨树的汉子家中后来牛羊成群，一直过着悠然自得的生活；奔向柳树的汉子拥有了这片丰腴土地上的良田；奔向桑树的汉子，他的后人们用桑树制作乐器。传说用加依村的桑木制作出来的乐器音质悦耳、无与伦比，当一个叫沙依普·班里赫的乐师在弹奏加依村制作的弹拨尔时，引来上百只百灵鸟围绕着琴身上下翻飞，鸣唱不止，有的百灵鸟被那美妙的乐声吸引，竟不顾一切地朝琴杆拼命地撞去，似乎想和这琴声化为一体，结果泣血而亡……

加依村的艺人们果真有这样的本事吗？加依村的琴声果真这么动人心弦吗？

据《新和县志》载，1845年，林则徐路过加依村时曾经写下简短的日记："是夜，在托克苏托马（加依村旧称）回庄借宿。"就在这一夜，他观赏了维吾尔族的歌舞乐后，欣然写下了这样一首诗：“城角高台广乐张，律谐夷则少宫商。苇笳八孔胡琴四，节拍都随击鼓镗。”后来这首诗被收入《回疆竹枝词》。

如今的加依村，全村有215户，从事乐器制作的就有105户，时间最长的都已经传到了六七代人。他们主要制作的乐器有都塔尔、弹拨尔、萨塔尔、热瓦普、达普和卡龙琴。加依村的民族乐器先后被列入第二批国家级非物质文化遗产名录和新疆第三批非物质文化遗产保护名录。

一件手工制作的乐器，精细一点的需要一个月时间，在生活节奏愈来愈快的今天，很多人已经没有耐心执着于一人一物一事，而加依村的艺人们依然坚持着这漫长而寂寞的劳作。

曾经，加依村尚是安静的，被遗忘的，可是如今，她一下被推到了众人眼前，不施粉黛、素面朝天，可就是这样，她仍然绊住了一个个游客的脚步和灵魂。

加依村的与众不同，在于她的“原在”。当一切都在动、在变的时候，加依人坚持着百年来的手工技艺，使偏安一隅的加依村，以“纯手工”散发着独特的魅力。

人们之所以停留、热爱，是爱这种“正在进行”的缓慢生活状态。其实无法形容，无非是从生活中抽身而出，坠入一种你幻想要的“简单”，传说与梦境交织的“别处”。

从我迈入新和、迈入加依村，自然换上最悠闲的步调开始。她便有了这样的魔力：在此之前，你会想象；在此时，你会沉沦，毫不抵抗；在此之后，你会念想……

爱情——不竭的源泉

当我弹起心灵的琴，我的心底就是无际的乐园，那迷人的歌像百灵飞蹿在麦西来甫乐曲中间。十二木卡姆套曲像是十二个月亮照亮每个人的心田，不是你，也不是我，而是万众快乐的源泉……

音乐不同于其他残褪的东西，它能够一直延续下来并保持活力。在加依村，只要听到木卡姆传人弹唱的古老的中亚音乐，人们就会在这美妙的乐声中跳起欢快的舞蹈。

让每一天的日子都快乐起来，让每一朵花，每一种艳丽的色彩都在自己的土地上恣意绽放。这就是加依人精神气质中最可贵也最可爱的一面。

在加依村，我发现这样一个有趣的现象，那些从事手工制作乐器的艺人们，都有一位年轻美貌的妻子。

被称为“乐器王”的艾依提·依明已经57岁了，他的妻子孜牙旦木只有38岁，比他小了19岁。孜牙旦木出生在库车，当年她父亲承包了一个鱼塘，因为酷爱音乐，所以经常叫艾依提·依明到鱼塘相伴而歌。后来，他把艾依提·依明请到家里，一曲终了，女儿的心中便烙下了艾依提·依明的身影，并在不久后，做了他的妻子，好似曾经的卓文君。

你若问孜牙旦木，是怎么喜欢上艾依提·依明的，她会眨巴着浓密的眼睫毛，认真地说：“他会弹琴、会唱歌、会做琴，他那么热闹，跟着他，比跟那些不会做琴的人，更高兴一些。”

这番话，翻译得小资一些，应该是这个意思：我的丈夫虽然年纪大了些，但是他有情调，他浪漫，嫁给这样的人生活充满了乐趣。

每当丈夫做好一把琴，琴面上的美化、亮化“工程”便是孜牙旦木的事了。

经常的，丈夫弹琴，她跳舞，这应该是真正的夫唱妇随了吧。

在加依村，几乎妇孺皆知的还有这样一个传说：

很早以前，有两个穷小伙因为交不上欠巴依老爷的债务，被关进了大牢，他俩进去的时候，大牢里还关着一个老人。寂寞的牢狱生活撕扯着大伙的心，有一天，老人望着哼歌的小伙子，问道：“你会弹琴吗？”其中一个小伙子答道：“我会唱，他会弹，可是，这有什么用呢？”老人答道：“我会做琴。”

终于有一天，悠扬的琴声和着凄美的歌声飘扬在牢房上空。美丽的公主被这琴声吸引，一路寻到了牢房……

最终的结果你一定猜到了，是的，公主嫁给了弹琴的小伙子。所以，加依村的老人们都是这样教育儿子的：“会一门手艺相当重要啊，不仅在关键时刻能救命，还能够得到美女的垂青哟！”

不知道是不是受这则传说的影响，41 岁的肉孜 · 巴吾东从小就酷爱做琴这门手艺。他和妻子巴克 · 月冉木的姻缘还有一段曲折的经历。

当年，肉孜 · 巴吾东的妈妈再婚嫁给了巴克 · 月冉木的父亲，两家的孩子青梅竹马，有了深厚的感情。可是，老人们不同意孩子们这亲上加亲的念头，执拗的巴克 · 月冉木一赌气孤身一人从喀什的家跑到了加依村。肉孜 · 巴吾东怕他们的婚事被家人再次阻挠，便带着巴克 · 月冉木私奔了。第三天，家人就把他俩从阿克苏找了回来，见木已成舟，老人们只好给两个年轻人张罗了婚事。

我问巴克 · 月冉木，怎么有那样大的胆子，敢和一个男人私奔？巴克·月冉木笑了："我的男人就是为了这些乐器而生的，他敢带着我私奔，说明他是真正的英雄。"说着，她竖起了大拇指。

我的心中一震，这是肉孜·巴吾东的妻子面对着众人评价自己的丈夫。作为一个女人，爱上这样的一个男人并被他所爱，应该一生无憾了。

现如今，有几个妻子，会大方坦然地对人说："我的男人，是真正的英雄？"

在塔依尔·艾合买提家，我同样从他妻子帕蒂古丽的眼神中看到了她对丈夫的热爱。

塔依尔·艾合买提37岁，帕蒂古丽28岁，他们有两个孩子，一男一女。帕蒂古丽谈起丈夫时，两眼放光，她说，自己就是因为喜爱音乐而嫁给塔依尔·艾合买提的。在加依村里，会做乐器的小伙子都很受姑娘们的青睐，因为维吾尔族女子都能歌善舞，会做乐器的男人性格更活泼一些，所以，女孩子都喜欢。

原本，我特别担心，手工制作毕竟是一门传统的技艺，在今天，它真的会超然于浮躁与喧嚣之外，遗世独立吗？但现在，我没有这样的疑问了，我知道，加依村的手工制作会一直一直地传承下去，就如同人们的爱情之火永远不会熄灭一样。

乐器村——加依的符号

似乎说不上太多理由，一看到匠人们精心制作的手工乐器，每个人会在还没离开时就开始想念，却并不愁肠百结，因为心知还有下一次，或许，再下一次。

“乐器王”艾依提 · 依明从 15 岁就开始学习制作乐器，40 多年来，他已经数不清自己做了多少都塔尔、手鼓、弹拨尔、萨塔尔、热瓦甫，他的“乐器王”之称可不是徒有虚名，他享受着新和县给予民间文化传承人生活补贴的待遇，待遇分三级，艾依提 · 依明享受一级待遇，每月有 210 元的补贴。

艾依提 · 依明说，从选一截桑木开始，凿、雕、刻，每一道工序都决定着一件乐器的成功还是失败，凝聚着制作者对音乐的感觉。自己的乐器之所以好，是因为他能弹会唱，因此，哪件乐器稍有瑕疵，他一下就能够听出来。

我问艾依提 · 依明，他的琴与其他人的区别就在于自己会弹吗?

艾依提 · 依明摇摇头：“有些人的乐器装饰是用花花绿绿的纸饰品贴的，而我的是全手工的，琴身、琴杆和琴头上都是用兽骨镶嵌出的图案。”为了让我能够辨别出纸贴和兽骨镶嵌的效果，他还专门拿了两把琴让我仔细观察，再用手触摸。这一节课下来，今后，什么样的都塔尔、艾捷克是纯手工制作的，什么样的乐器是纸贴的，我已经具备基本的分辨能力了。

艾依提·依明告诉我，他就是凭着一把乐器和制作乐器的手艺，几乎走遍了新疆。他现在最大的心愿就是把乐器做得更好，生活得更舒适一些，把自己的院子搞得漂漂亮亮的，再多培养几个徒弟，将手艺传承下去。

40 岁出头的肉孜·巴吾东比艾依提·依明年轻得多，因此思维也更活泛一些，他注册了自己的商标，很有些广告营销意识，他制作的每把琴上都有自己的名字和手机号，这既是一种商业头脑，也是对自己手艺的绝对自信。

肉孜·巴吾东说，每卖一把琴，他都会对乐器商说，买家不满意可以打电话退货，但迄今为止，他没有收到过一个退货电话，倒是订货的电话源源不断，他贴了商标，很多人便慕名而来，有些人一个电话直接就把钱打进他的卡里。靠做乐器，他的生活每年都发生着变化，肉孜·巴吾东自豪地指着院里的轿车说，这 3 万块钱的车就是用我做乐器的钱买的。

在加依村，只要踏进制作乐器的人家，就会发现，他们的生活水平和其他村民相比，都会相对高一些，女主人脸上的笑容也更加灿烂一些……

离开加依乐器村时，我的耳边一直萦绕着肉孜·巴吾东为我们弹唱的一首他自己写的歌曲《我的爱人》：

我一直爱着你

到底要爱到多深

你才可以嫁给我

……

来也匆匆，去也匆匆，当我把对加依村大致的印象写下来的时候，我心里明白，这些文字只不过是蜻蜓点水，洞悉一方水土的灵魂，除了感情，还需要时间。

深处的高台民居

“黄土为墙四面齐，如椽如砥覆新泥。却叫满地铺成锦，相率家人一室栖。”

——萧雄

佛说：前世五百次的回眸才能换来今生的擦肩而过。按照这个逻辑往下推，我与喀什在前世肯定不只是回眸了五百次。所以当我第一次来到喀什的时候心里便在想：前世我也许来过这里吧？要不然它的气味我为什么会这么熟悉，给我似曾相闻的感觉呢？为什么一缕清风、一段旋律会让我觉得似曾相识，倍感亲切呢？就像有时候我们走在山路上，突然看见有一朵花特别熟悉；有时候我们遇见一个陌生人，却有说不出的亲切；有时候做了一个遥远的梦，梦境清晰如见；有时候一句诗、一首歌，竟像是写给自己的；甚至会固执地偏爱一种颜色、一种花香、一种声音，却完全说不出理由……

我对喀什的热爱，像极了女人对一个男人的爱——完全说不出理由。

第一次到喀什，是在金秋时节，暖暖的阳光不计成本地洒在身上，我带着一丝慵懒行走在喀什的大街小巷，梦游似的。

在喀什的第一个早晨，喀什“土著”王炜带着我去吃早饭。我做出很好招待的样子说:“别太复杂了,喝碗奶茶就行。”结果，寻遍所有的饭馆，只有抓饭、包子、拉条子。我诧异地看着王炜感叹：“喀什人太强了，一大早就吃这么扎实的饭。”尽管没有奶茶，我从喀什归来很久，心心念念的还是去喀什。

我已经忘不掉喀什的味道了。那味道于我，也是说不清的，有泥土味、烟草味、香料味，还有馕的味道，烤包子的味道，总之，是那种散发着琐碎的，生动的、生活的味道。

再去喀什，是在盛夏，我和同时获得“喀什噶尔杯首届西部文学奖”的老师及朋友们走上主席台领奖，那一刻，喀什在我眼中比往昔更加美好、动人了。

这一次，我体会到了喀什的另一种风情——色彩。仿佛打翻了的调色盘似的，所有的颜色像河流似的倾泻在眼前，在这些绚丽的色彩面前，初来乍到的人是会一下子晕掉的。

喀什，全称“喀什噶尔”，维吾尔语意为“宝玉石集中的地方”。每当有外地朋友问起喀什，我脱口而出的一定是——高台民居，而不是宝石、香妃、巴扎、艾提尕尔。

高台民居位于喀什噶尔老城东南端的黄土高崖上，相传多年前一场洪水把高崖冲断，从此高崖就分为南坡和北坡。南坡的民居建筑古朴、典雅、流畅，就是今天的高台民居。北坡就是现在的喀什老城，曾经还是喀喇汗王朝的王宫所在地。

北坡生活着贵族，南坡生活着匠人。

一个烧制土陶的匠人在高台民居的土崖上发现了可以做土陶的“色格孜”土，于是就在土崖上建造了第一个土陶作坊。后来，做花帽的、织地毯的、打铁器的匠人们日渐增加，也使高台民居色彩斑斓起来。他们精雕细镂的墙面、图案迥异的窗棂，令人惊叹。那鲜明的民族风格，精细的做工，完美地体现了维吾尔族人民对生活的美好追求。

对于生活在干燥而又色彩单调的沙漠戈壁中的人来说，家居必须与这种恶劣环境形成对比，因此，维吾尔民居相比其他民族民居更重视室内色彩，许多民居在壁龛设计、挂毡、天花彩画、室内柱廊、石膏饰件上各显其能。

古巷、儿童、妇女、老人，是这里最有意味的音符。第一次来到这儿时，我就纳闷——男人哪里去了。忍不住问一个小巴郎：“爸爸哪儿去了？”他笑着边跑边说：“挣——钱——去——了！”

在这里，你能够看到时间的痕迹和一种古老、平静的自然之美。

高台民居都是土木结构，住宅多自成院落，院内宅旁遍植花草，栽培桃、杏、葡萄、无花果等。室内砌土坑，墙上挂壁毯，还开有大小不等的壁橱，饰以各种花纹图案。当院落中人口继续增加到平房住不下时，为扩大住房面积，有些人家在建二楼时会将楼延伸出去一些，这种颇具创造性的建筑形式逐渐被推广开来，数百年来，渐渐形成了高台民居特有的“过街楼”风景。这种“过街楼”的巧妙之处在于，既不影响楼下人行走，也不影响楼上人居住。

远远看去，高台民居就仿佛是从土里长出来的房子似的，这里的人们穿着最具民族特色的服饰，生活在这里的老人、儿童的脸上始终洋溢着平静、自足、幸福的神情。

穿行其中，仿佛置身于世外桃源，令人忘却了都市的喧嚣和人生的烦恼。那雕花门边穿着鲜亮的民族服饰的妇女，那坐在古老的桑树下头戴花帽怡然自得地乘凉的白胡子老人，那些宛如在时光隧道的拱顶窑房下散步的老妪，那些跟着游客追逐嬉闹的天真可爱的维吾尔族小巴郎，只要进入了你的视野，总会令人久久难以忘怀。

夏日的清晨，女人们的第一件事情就是顶着陶罐去河边打水，然后把巷道和自家院子的地面全部泼上一遍，所以，这个时候潮潮的泥土味到处都是。

在这里，你会发现家家户户由弯曲和深浅不一的小巷相连，即使从屋顶走也可以达到串门的目的。这些土木结构的建筑有着惊人的繁复性，人一进去就像进了一个迷宫。没有向导带路，游人是很难从“迷宫”里走出来的。

真的很奇妙，在钢筋、水泥、防护栏中生活的我们，其实内心是多么渴望人与人之间可以这样的毫不设防。

那些古老民居的门窗都很古朴，但又蕴藏了深厚的文化。他们家家户户的门框上都刻有各种纹样的木雕花门，有花卉形状、几何形状和果实形状。窗框窗格上的纹样也是多种多样，站在那艳丽的雕花门前，就好像站在花丛中一般，来这里的游人都喜欢用彩门做背景照相。而这每一扇关闭的门、半开的门、敞开的门、挂着门帘的门都向游人发出了不同的信息，男主人在家或者不在家。提示你哪一扇门可以进，哪一扇门你不能进。

就像是为了一种平衡，在这里几乎家家户户都为自己的院门选择明亮、强烈的颜色。他们沉醉在这样的家园中，一个个都好像生活在缤纷的花园里。

在一家专门经营花帽的小院中，我站在挂满花帽的门前照相，将自己融进这灿烂中，融进那如画的风景中，我是如此欣赏在这片土地上悠然生活着的人们。

到今天，许多维吾尔族老人们还觉得庭院是最能够给他们幸福感的地方。他们终生热爱并不停地修缮自己的庭院。这些庭院往往由几张葡萄阴影里的木床、地上斑驳的阳光、安睡的鸟儿、玫瑰花、桑树以及门口的一扇雕花门构成。

在高台民居的土陶作坊，先映入眼帘的不是土窑中的制作者，而是院子中烧制好的碗、罐和拿着一支秃笔绘画的女主人，她 60 多岁的样子，一只普普通通的泥碗，在她的手中，魔术般地有了生命。我买了一只老人画的花碗和花瓶。碗如同我的生活，我要用它来盛饭，花瓶应该是我的精神世界，像花儿一样美好。

攒动的人流，鲜艳的艾德莱丝绸，花花绿绿手工艺品，都塔尔伴奏下的歌声，高鼻梁、深眼窝，眨巴着眼睛会传情的古丽，伴随着旋转的裙子、飘舞的辫子，都是喀什留给我的温暖而永久的记忆。

相信每一个来过喀什的人，心中都会记住高台民居，它会一直陪伴在我们以后的日子里。

葡萄的前世今生

“有一种鸟是永远关不住的，因为它的每一片羽翼上都闪耀着自由的光辉。”这是一句电影台词，而我总是在钢筋水泥的丛林中想起。

也许每一处留下的足迹，都会成为我牵挂的故乡。

在祖国 960 万平方公里的土地上，没有哪个城市像吐鲁番这样富于传奇色彩。西出玉门关，库鲁克塔格以北、火焰山南麓，戈壁、流沙、干涸的古河道包围着的这片绿洲，就是吐鲁番。在它的北方，天山山脉终年积雪，静静矗立。

吐鲁番的地理位置，正好处在东西、南北交通的十字交叉点上，这种重要的战略位置为东方、西方和北方游牧文化的汇聚创造了条件。

连接东西方的丝绸之路，无论是南道还是北道，都必须穿越中亚广阔的戈壁荒漠地带。一到夏天，骆驼开始换毛，体力衰弱、不堪使用。而在酷热并且最易起暴风的夏季，到没有一滴水的沙漠中旅行，是完全不可能的。因此东西往来的商贾、僧侣、使者常常选择风沙最少的冬季开始他们艰难的旅程。

吐鲁番冬季平均温度比周围其他地区高出差不多十摄氏度，无疑是旅行者向往的乐土。

对于许多人来说，或许吐鲁番只是一个旅游地的名字，一个虚幻的存在。知道葡萄沟，知道火焰山；并知道她是全国地势最低，气温最高的地方；连同名惊中外的交河故城，对一个未曾登临、目睹的人，也不过是汉字堆起的亭台，雕镂物体的声音和语言带给人的符号罢了，宛如坎儿井只是曲曲折折地流淌在许多人的梦里。

这也曾经是我对吐鲁番最粗浅的印象，未目睹她之前，对她所有的认知都来自于艺术的影子和新闻传媒，而具体的领略，是许多年中点点滴滴的积累。

一个地方，你只有深入、再深入，才有可能读懂她，爱上她。

吐鲁番凝聚了多种文化，季羡林先生在《敦煌和吐鲁番学在中国文化史上的地位和作用》一文中曾经说：“世界上历史悠久、影响深远的文化体系只有四个，即中国、印度、希腊和伊斯兰文化，由于丝绸之路的影响，我国的敦煌和吐鲁番是这四大文化体系在全世界仅有的两个交汇点。从人类发展的远景来看，对文化汇流的研究，有其特殊的意义。目前研究这种汇流现象和汇流规律的地区，最好的、最有条件的恐怕就是敦煌和吐鲁番。”

吐鲁番自古就是丝绸之路上的政治、经济、贸易的文化重镇。历史上通往焉耆盆地的“银山道”、东往敦煌的“大海道”、西去乌鲁木齐的“白水涧道”、北抵吉木萨尔的“车师道”等11条驿道在这里交会。正是因为吐鲁番得天独厚的地理位置，使得四大文明体系交汇于此，聚集于此。

吐鲁番遗存下来的文献，其中的文字就有24种，包括粟特文、吐蕃文、婆罗迷文、回鹘文、汉文、突厥文、安息文、古波斯文等，这些都反映出一度有着众多的民族在这片土地上生活。

考古学家说，如果想知道盛唐时的长安城是什么样子，就来吐鲁番的高昌故城吧，它就是唐时长安远在西域的翻版。尽管它现在是一座即将融为泥土的废墟，正因为它独特的地貌，它盛唐的容颜才活到今天。

吐鲁番没有青山绿水，这里既有干燥寂静的沙漠，也有成片成片的葡萄园、茂密的森林和草场；既有如烈焰般燃烧的火焰山，也有清冽甘甜的天山雪水……

如果你的人生正经历着冬天，那么，去吐鲁番吧，她可以把一颗最冰冷的心暖透；如果你正品尝着人生的苦涩，那么，去吐鲁番吧，这里有全世界最甜的葡萄，一粒无核白就能够让你醉倒，那醉人的甘甜会一直一直浸到你心底最柔软的地方……

吐鲁番的七种颜色

清晨的吐鲁番是 18 岁的小家碧玉，黄昏的吐鲁番是 30 岁的住家女人，深夜的她又变成了充满诱惑的绝色女子。

吐鲁番，已经没有一个形容词能够将她形容得尽。因此，生活在这里的人们是幸福的，尽管她热、尽管她低，可只有这些才孕育出了绝世的甜蜜。

来吐鲁番的游人，似乎都想揭开这块古老盆地的神奇面纱，领略她那独特而又诱人的异域风采。当人们在落日的余晖下登临苍凉宏伟的交河故城，走进充满悲壮气氛的高昌故城，步入创痕累累的柏孜克里克千佛洞，注目那巧夺天工的苏公塔时，蓦然回首，一定会惊奇地发现，展现在眼前的一切分明是一幅幅瑰丽夺目的历史画卷……

来到吐鲁番，那一页厚重的历史画卷便缓缓地为你打开了。

游人眼中的吐鲁番，除了黄色，应该就是葡萄沟的绿色了，可对一个久居吐鲁番的人来说，这里可是五颜六色的，那色彩不在眼中，全在你的心里。

如果，我始终在一个短暂的空间里生活，我也许永远体会不到这样丰富的元素，有时候问问自己的内心，原来我还是向往着在路上的生活，可能更多的是对生活的逃避，但确实也有着由衷的向往和乐趣。

不同的人不同的表情，越来越觉得遥远。有时候变换着路线，最终的目的地却是一样，就像我们可以走很多条路，然而梦想始终只有一个。

吐鲁番在我的眼中是缤纷绚丽的，赤橙黄绿青蓝紫七色俱全，绿色就是那些葡萄，是她的本色；黄色是她的底色，也是她的前世，就好像交河，好像高昌，好像今天的吐峪沟；红色就是火焰山呀，火热火热的仿佛吐鲁番人滚烫的一颗心；橙色是她温暖的夜色，也是她的食色；紫色就是葡萄酿成的美酒啊！饮一口，那醇香就深深留在了你心中，再也散不去……在这七种颜色的神游中，任你走近哪一色都可以醉在其中。

吐鲁番的七色会让你的心变得柔软而干净，每一色都那么想回归纯真，那么想在天地之间神游一番，直到在那遥远的地方，遇见一位黑眼睛的好姑娘……

人的故乡就是大地，就是自然，什么能够让人安心——大地。

天堂是什么，就是最美的栖居之所，栖居的地方不仅仅是安身立命。安身立命还要安心，安心的地方才是天堂。而天堂应该是可以让人们诗意地栖居的。

天堂就是家。

我们在筋疲力尽的人生中，悄然走进去，安放我们的心。

假如有一天，你找到了安心之地，可能已经找到了一生一世的幸福。

葡萄是怎样变成“蜜”的

往吐鲁番走的一路上，如果你是个有心人，会发现公路两边的树长得很奇怪，无论是枝条还是叶片全部倒向一面，这是风的杰作。

没有人喜欢刮风的天气，因为一场风刮过，很多东西都不是原先的模样了。但每个人的一生中，总要经历那么几场大风。

没有人能躲得了风。

在吐鲁番，你会经常听到人们说，又下土了。浮尘天当然也是风的“杰作”，有风在，树也好，葡萄藤也好，长得都不容易，我是非常讨厌刮风天的，可我知道谁也阻止不住一场风的到来，那些能被风刮走的东西必有离开的理由。

每当有人来到吐鲁番后，都会对她那沧桑的绿色格外关注，怎么不是那种清爽的绿色呢，怎么都灰扑扑的呢？这是风留下的痕迹。然而，一场雨之后，哪怕再小的雨，所有的树木、小草都以郁郁葱葱的颜色来回报雨露的滋润，它们是那样的容易满足，那样的充满生命力。

在一场又一场的风中，在那些浮尘蔽日的黯淡日子里，葡萄们坚持着，每一串葡萄都坚定而努力地生长着，一天又一天，她们将自己对这片土地的热爱化为一滴滴清泉般的水……

天空是飘飘的叶儿，蔓上布有一串串青葡萄，亭亭的，扑着含羞的霜。那弯曲、撩人的果须，宛若阿娜尔汗耳畔的鬓丝，风儿吹吹，空气中弥散的尽是清爽的幽香。

当醉人的春风，洋溢着生命的气息从火焰山上吹下来，灌满吐鲁番的沟沟坎坎时，春风会从土地里往外溢，白亮亮地，轻柔柔地，浓烈烈地，满是生命的躁动。看吧，一棵葡萄在阳光的“抚摸”下,先是葡萄藤小心翼翼地爬上架子,过不了多久，光秃秃的藤蔓上哗哗啦啦地就把叶子长齐了。鹅黄淡绿的叶脉，闪着蜡质油光的叶面，在金色阳光的照射下，在醉人春风的抚慰下，招招摇摇，流动着对生命的欣喜与快意，她们在空中将绿叶恣意地铺开。

在夏季高温的灼烧下，葡萄藤结出了果实，一粒一粒，结实而富有朝气，仿佛谁家的女儿初长成。吐鲁番的阳光如火焰啊，热辣辣地喷射到每一颗葡萄的身上，没有一丝一毫的躲避，葡萄们仰着脸热情地生活在阳光中，快乐而健康地饱满着。大漠中的砂石在太阳的照射下似乎就要燃烧起来。而葡萄在这火焰般的照射中，越来越丰腴。她们透明的身体在阳光中格外美好，她们可以聆听到彼此的呼吸和体内所蕴藏的激情，再热一点吧，她们大声喊，中了魔法的火焰山真的烧起来了。

火焰山悬空舞蹈，用自己的方式燃烧着激情，葡萄们远远看着光与火的舞蹈，她们不可救药地爱上了火热的光，爱情让她们变成了一颗颗去自杀的露珠，葡萄在火焰中升腾起来，她们都知道走得慢一点，可以爱得久一点，可没有一粒葡萄躲开这爱情的火焰……

都是这样开始和结束的，要怎么样才能够感受到自己在爱着？让火焰就这样点着，燃烧自己！一切如在火中！

而到了秋天，这个热恋中的女孩猛然间长成了一位风姿绰约的女子，岁月的淘洗与历练使她变得犹如一位女皇，高傲而优雅。女皇的恋人是阳光，阳光的爱让她滋润、美丽，让她一点点变色，就这样，火热的阳光把少女抚摸成新娘，她快乐而健康地饱满着，如珍珠玛瑙般丰腴晶莹，果香诱人。

终于，她将一颗如水的心化成了一汪蜜，一种天籁之音从葡萄地身体中传出，一粒秋天阳光下的葡萄，流光溢彩，飞霞万道——葡萄熟了。

一粒葡萄就是在这样的燃烧中变成蜜的。

这个季节进入吐鲁番，立刻，所有的感官便会被酷热包围。当空的烈日炙烤着土黄色的大地、民房和路边的麻扎。

荒漠上热气蒸腾，连风也没有丝毫的凉意。而此时的吐鲁番正是瓜果丰茂的好时候。

尽管视野中不断闪过的绿洲在土黄色的世界中依然处于烈日的炙烤下，然而“火”中的葡萄们依然倔强地把持着浓浓的绿意，虽然两种颜色的反差是如此的强烈，它却像是吐鲁番的过去与现在、干旱与生命的最恰当隐喻。

吐鲁番记载着三项中国之最。最热，吐鲁番属大陆性干旱荒漠气候，盛夏时节，最高气温能达到 49.6 摄氏度，每年日最高气温超过 35 摄氏度的日数就有 99 天，地表最高温度曾达 82.3 摄氏度的纪录。最旱，吐鲁番年平均降水量只有 16.7 毫米，夏天绝少下雨，空气湿度经常为零。最低，市区南面的艾丁湖，低于海平面 154.43 米，那里没有湖光山色，是芒硝盐花的不毛之地。

这仅仅是一些概念性的记载，如果亲自到了那里，则会有刻骨铭心的感受。

吐鲁番古称“火洲”，雨滴不等着地就蒸发完了。人们说南方的热像蒸笼，北方的热像火炉，而吐鲁番的热像是在馕坑里……

在吐鲁番，游客们常常能发现一个有趣的现象，大多数农家院落门口都放着一张大床，那是因为天太热了，人们在家里无法安睡，只好到“街上”睡觉了。

只要是在盛夏时节到过吐鲁番的人，对这里的“热”是深有感触的。他们大都坐在空调车里，一下车便挥汗如雨，他们受不了这样的高温，但吐鲁番人日复一日地忍受着这一切，因为他们知道，这样的光照、这样的温度可以让奇迹出现，可以让水变成蜜。

吐鲁番的特殊气候，造就了这片神奇的流蜜的土地。

熟了的葡萄就是蜜。熟了的葡萄如玛瑙、似珍珠吸引着每一个人，于是，人们眼前便满是美丽画卷一样的葡萄架。金灿灿的阳光洒在葡萄架上，巴掌大绿茸茸的葡萄叶子，仰着又厚又亮的笑脸，遮掩着弯弯曲曲的葡萄藤；爬在架上的藤条，如登上舞台的身穿绿色纱衣的姑娘，她无拘无束地伸展着轻柔的腰肢，展示美丽窈窕的身段儿，甩腕伸手，挥腕投足，尽情地表演着一个又一个美丽的舞姿，回报她的爱人——阳光。

她为他捧出了自己的一颗心。

被爱呵护成长起来的葡萄，平和而宽厚，她让每一个品尝到她的人心里甜滋滋的，甜得只想放开喉咙唱歌；她知道，阳光为她所做的一切，就是为了让每一个看到她、尝过她的人心怀感激，感激自然赋予人们的大爱。葡萄还知道，她活着的意义就是把甜蜜带给每一个人。

她让所有来过吐鲁番的人，一想起这里的葡萄，那纯纯的味道好像还沾在唇上，那种超乎蜜糖之感的清甜，润润的、醇醇的，人们来来往往，带走的是对吐鲁番的思念和那永远也挥散不去的甜蜜……

冬天，葡萄卸了妆，脱下那一身妩媚的绿纱衣，钻入泥土，把触角伸回到了大地深处，她期待着来年的春天，阳光的手指如弹拨琴弦般抚开她的叶片……

她将再次为他在烈日的灼烤下，将所有的柔情一点一点地化为水、化为蜜……

葡萄架下的故事

年少时，就知道葡萄架下是有很多故事的，听多了牛郎织女的爱情传奇，也知道了在葡萄架下能听到他们幽会时的甜言蜜语，于是葡萄架就变得很神秘、很浪漫。小孩子并不知道大人幽会时会谈些什么话，更无法知晓为何要幽会，直到现在才知道，幽会是人生中难得的享受，那是物质之外的感觉。

传说七夕这一天，抬头可以看到牛郎织女在银河相会，在葡萄架下还能听到牛郎和织女说的悄悄话。因此在七夕的夜晚我总是希望找个葡萄架，躲在下面好好听听银河那端的他们究竟会说些什么。可是这么多年，我从来没在葡萄架下度过一次七夕，小时候的心愿就一直这么搁浅了。

长大后的我自然知道这个故事不真实，但能在葡萄架下过七夕也是件很浪漫的事情。虽然很多人过西方的情人节，但我还是保藏着这份旧有的民族情怀，深爱着这古老的佳节。

假如吐鲁番人能够在这一天，在大片的葡萄架下搞一个盛大的活动，为游人介绍一番七夕节的来历，让他们把自己最想对爱人说的话，在夜晚的葡萄架下，遥望着银河一字字地说出来……活动的名字就叫七月七的桥。这该多有意义呵!

“银烛秋光冷画屏，轻罗小扇扑流萤。天阶夜色凉如水，坐看牵牛织女星。”爱极了这首诗的第二句，每次读到这里，我的眼前总会浮现出一幅画面：美丽的年轻女子拿着轻罗小扇，光着脚在庭院中和小巧晶莹的萤火虫嬉戏。我想，纵然她有万般烦恼，此刻也会抛得烟消云散吧。

农历七月初七对许多女人而言，是一个比较敏感的日子。银河、王母、牛郎、织女仿佛使人回到了“冬雷阵阵夏雨雪，乃敢与君绝”的青涩花季。七夕，这个被称为中国的情人节的日子是小资女子心中的一个结。每年的七夕，我们 4 个“死党”都会聚在一起，聊天，发呆，喝点小酒。世事的烦乱，滚滚的红尘，磨砺着我们细腻柔软的心。可我们心中，依然有爱。在我们眼中，最浪漫的事，是与相爱的人一起过七夕。男人不屑，认为我们太矫情，无奈之下，七夕变成了 4 个女人心照不宣的节日。

我们不喜欢 2 月 14 日的情人节，太闹，太刻意，有着太多表演的成分，满街的玫瑰犹如风尘女子在招摇过市，况且又是舶来品。哪里有七夕这么的诗情画意?

炎热的夏季，人们被笼罩在蒸腾的热气里面焦躁不安，我们几个，偷出空闲，修饰自己滋养自己，守着一壶果茶，静静地坐着，“落花无言，人淡如菊”，高脚杯中摇曳着琥珀色的葡萄酒，清清淡淡的冷气温柔地关照着我们，耳边回荡着蔡琴的歌声……

叫我们如何不爱她? 不仅因了那盏二十四桥明月夜般的清醇之音，许多年了，仍时时或微醺，或酩酊着我们心底的柔软。

说起蔡琴，我们常常无语相对。因为不知道该说些什么，也不晓得又能说清什么。她的歌声，蕴含了太多太多，最适合七夕这样的日子来听。每当听到她那有着丝绒一样质地，那样婉约、那样精致的声音，一瞬间的惘然、一瞬间的感动、一瞬间的心痛将现实生活一下子拉远，感觉自己仿佛潜入了大海深处，这时候，你沉默你流泪都是无关紧要的了。她是女子，我们也是女子，所以对爱情格外用心。总是想起《无间道》里的那个经典场景：行色匆匆的刘德华走进一间唱片店，忧郁的梁朝伟为他试音，就那么毫无预兆地，传出了蔡琴的一声——“是谁，在敲打我窗……”只这一句，就已令人瞬间醉倒。

一年中，也就是七夕这一天，能够想到神话中的人物，能够重温童年时牛郎织女的故事，能够静静地听蔡琴、能够安然静享心灵世界的声音。

这个风花雪月的夜晚过去，所有的浪漫尘埃落定，第二天我们要上班，要看孩子的作业……日子变得长久而平和。

这一季的心情因七夕而美丽。无论多久无论多远，她都笃定在一个固定的地方守候，会在一个固定的时间敲响我们心灵的窗。这一生再无常，有爱就有贪恋这个人间的理由。

女人的生命在夏季盛放，纵使短暂又何妨——“我从远方赶来，恰巧你们也在……像夏花一样绚烂……”

落花无眠啊，即使零落成泥，依然香如故。

总是在想，假如一个游人，刚巧在七夕这一天，来到吐鲁番，在那长长的葡萄架下，他留下了想给爱人说的话，而蔡琴的歌声又一直伴随他走到葡萄架的尽头，那么这一生，他怎么能够将吐鲁番从记忆中抹去？

在大片的葡萄架下搞一个盛大的活动，为游人介绍一番七夕节的来历，让他们把自己最想对爱人说的话，在夜晚的葡萄架下，遥望着银河一字字地说出来……活动的名字就叫七月七的桥。

葡萄干

吐鲁番的无核白葡萄，生长力强，结果多，因为无籽，最适宜晾制葡萄干。制干后，葡萄粒色泽仍碧绿鲜艳，果肉柔软，食之酸甜可口，色味俱佳，为国内干果中之珍品，被称为“中国绿珍珠”。

葡萄的风干方式不同。有核的葡萄一般都挂在藤上自然晾干,那葡萄就是热性的。如果摘下后晒干,那葡萄就是凉性的了，无核白葡萄便是凉性葡萄干里面最好的一种。

如果将葡萄划分性别的话，许多人愿意认为她是女性，我也如此，在我眼里，一粒葡萄干看似平常，细细品来仿佛一个女人一生的光阴。

葡萄干一粒一粒的塞在张开的嘴里，人们在感受香甜的滋味，靠着暖炉或者暖气以及火墙，人们漫不经心地品尝着她，她温暖着我们，浸润着我们的心，而她对我们一无所求，仿佛母亲对待我们一般。

在吐鲁番，我们常会在路边见到一种非常独特的房屋，它的四壁都是用土坯叠砌，但在墙上密密匝匝布满气孔，较大的房屋约有两层楼高。这就是晾葡萄干的房子了。这种样子像碉堡，四壁留着许多小孔的房子，当地维吾尔族人称作“群结”，汉语叫作“荫房”或者“晾房”。荫房里，屋顶上每隔半米左右架着一根碗口粗的“檩子”。每根“檩子”上，又吊着一个个指头粗细的木杈，这就是挂葡萄用的木钩。

葡萄成熟的季节，人们把新鲜葡萄自上而下挂在木杈上，待整个荫房挂满之后，将门关死，凭着从气孔吹进来的吐鲁番盆地特有的热风的烘烤，一个月左右，鲜葡萄就变成葡萄干了。

晾房是四面镂空的房间，葡萄要这样的通透才能永存。这些晾房是葡萄们“养老”的地方，夏天之后的葡萄通通被放在了这里，温驯的暖风是她们的情人，在徐徐而入的风中，她们将丰盈的身体交与风去抚爱，将细腻的肌体交与风来磨砺，她们将所有美丽的姿容和光华放弃，只为了那份甜蜜的情怀。一点点，情人风干了葡萄们的水分和青春。成为葡萄干的葡萄们再也听不到那些灼人的情话，一夜间，葡萄们皱纹横生。

一场场大风过去，老去的葡萄依然保持着优雅的轮廓，她们无怨无悔，呈现出一种历经沧桑的颜色，她们的身体变成了蜜的固体。她们曾经那样的深爱过，一颗葡萄进了晾房后，她的青春就已经凋零了，好像一朵花、一棵小草、一个女人……

葡萄柔弱的美丽注定是短暂的，她痴情的泪终化为兰露，凝绝凄清而满含幽香，然而她的爱人——风，远去了。葡萄们在幻想与美梦中绝望，她们就那样一点一点地枯萎了。可是她们依然守着一颗真心，她们把那颗晶莹璀璨的心用蜜包裹起来，任凭风吹雨打……

在有雪的日子里，许多人都非常喜欢在温暖的屋子里，一边吃核桃仁，一边吃葡萄干，据说，这种吃法，两样干果怎么吃都不会腻。不知道人与人之间，用什么搭配，才可以相看两不厌?

我是那样地酷爱吃葡萄干，一粒一粒，吃掉葡萄的一生，我们美滋滋地吃着葡萄干，不知不觉中，自己也渐渐地失去了水分，宛如葡萄变成了葡萄干，葡萄一梦！人和葡萄的一生如此相像。

铁打的世界，流水的葡萄和我们，来了去，去了来，来来去去，都是这个世界的过客。

葡萄一梦，让我们懂得了什么是爱，什么是珍惜，什么是背叛，让我们懂得了什么是伤害与忘却……

春天就要来了，葡萄又要展开笑颜了，好日子在等待着她们!

行走在菩提树下

从吐鲁番出发，佛教由西域向内地传播，沿丝绸之路留下了大量的石窟与佛像遗迹。

悠长的小道，通往火焰山深处，在火焰山的绝壁之间，散落着多处石窟寺群，在吐鲁番众多的石窟中，尤以柏孜克里克千佛洞、吐峪沟千佛洞因为洞窟多，时代早，壁画内容丰富，以较高的艺术价值和科学价值而闻名于世。

石窟又叫千佛洞，是僧侣或善男信女把佛祖凿刻在山崖石壁的洞口内，以供朝拜的古建筑。

有佛的地方就会有菩提树，有菩提树的地方一定有它们——佛像和壁画。在柏孜克里克千佛洞的前山后谷中，长满了各种树木和各类耐旱的灌木，就在离这些树木不远的洞窟中画有好多树，树下有许多身着白衣的僧尼和有翅膀的羽人形象，这种神秘的树我们管它叫菩提树，菩提树就画在千佛洞里，印在每一个曾经去过柏孜克里克千佛洞的人心里。

柏孜克里克在维吾尔语中是“装饰美丽”的意思。这里的石窟结构特殊，一种是在山崖开窟，由土坯垒砌前室；另一种完全用土坯砌成，装饰成石窟样式。

石窟必须开凿在绝壁断崖上，但并非所有的绝壁断崖都能够成为石窟艺术的开凿地，它还需要其他要件。

柏孜克里克千佛洞的洞窟有的是在悬崖上穿凿而成，有的是傍贴悬崖阶地用土砌成，鳞次栉比，雄伟壮观。开凿年代自公元 6 世纪到公元 14 世纪，唐时称“宁戎寺”。

柏孜克里克千佛洞中曲折回环的架空过道，高架起类似现在恒山悬空寺那样高大的殿堂和回廊，盛况空前。现有石窟大部分是 9 世纪中叶回鹘高昌国王的王家贵族寺院。回鹘高昌早期壁画构图严谨，线条流畅，色彩富丽堂皇，人物造型丰满，是莫高窟唐代画风的延续。虽然洞窟壁画遭到了严重的挖剥破坏，但保留下来的壁画举世公认，这里是回鹘佛教艺术中最为重要且保存最好和最有代表性的一处艺术宝库。在众多的回鹘国王、王后、侍者和僧尼等供奉人像壁画中，保存了汉文、回鹘文、吐火罗文等题记，它是研究西域历史、文化、艺术的宝贵材料。

走在柏孜克里克千佛洞中的我们是虔诚而宁静的。

柏孜克里克千佛洞的历史大约为南北朝末期麴氏高昌时代，比起敦煌莫高窟、云冈龙门石窟都要早一些，是世界佛教石窟艺术的四大代表之一。

洞窟以隋唐时候居多，但是自近代以来，它屡屡遭到国际盗窃者的“光顾”和风沙的侵袭，许多洞窟都有整齐的切割痕迹，几乎所有佛像的眼睛都毁坏了，那满目疮痍的佛像以它特有的语言记录着一个王朝的悲欢与兴衰。人生有时候太沉重了，沉重得已经无法用语言来倾诉，无论是俗世的悲情还是宗教的迷狂，无论是现世的磨难还是来世的企盼，都化作无声的形象，面对青山与天籁，静静地凝立于此。

壁画中残存的因缘佛传图、立佛、千佛、七佛、禅僧和本生、供养等和千佛洞一起见证记录了一段极不平凡的宗教兴衰史。

千佛洞令我触景感伤，我知道自己终究是过客，但我永远对它心存感恩。那些用心血和智慧塑造这些灿烂文化的先辈们，是他们使艺术永恒。

置身窟中，那神态逼真、含笑自如的菩萨；那婀娜多姿、翩翩起舞的仙女；那姿态妩媚、凌空翱翔的飞天；那五彩缤纷的鲜花纷纷扬扬；那不奏自鸣的乐器演奏着仙曲……仿佛把你带进神仙天国，身心随着飞天飘旋，好像整个洞窟都在转动！那一刻，我感觉神清气爽，好像把自己的一切都交给了佛祖，真有点恍惚和飘飘欲仙的感觉，也许这就是佛境。

站在那里，我一拜二拜再拜，直拜得心中纤尘不染。我站得很近，仰脖往上看。对佛，我只能仰视。我看着佛，佛亦笑眯眯地看着我，是一种洞察人间万象的微笑。我心底云一般堆起的是“心底无私天地宽”几个字。而对佛祖那安详的目光，一颗心，犹如被水洗过般，此时，我的生命好像经历了几个轮回。那一刻，我垂下头，愿意一生被佛的目光笼罩。

我记起了以前看过的警句：笑口常开，笑世间可笑之人；大肚能容，容天下难容之事。我想，做人做佛，能做到这份儿上，真是至高至上了。在佛祖的庇护下，愿天下善良的人们个个如意！

菩提树下的佛不会和我们对话，只有千年的独白。只有当人们走进这宗教与艺术一体的殿堂，心灵沉浸在同样的气氛之中的时候，你才有可能读懂那千百年来，艺术家与宗教圣哲们心底丰富而纤柔的精神世界，你才会被感动，当你的心灵被深深震撼的时候，你与佛便有了缘。

一代一代的人会老，会离去，然而善意会留在每一个人心中，菩提树也依然会在千佛洞中长青。每一个生活在这里的孩子都是有福气的，他们在认识其他树木的同时也会认识菩提树。

行走在菩提树下的人们每停留一次，都会有心底的宁静。

第二辑

西域风韵

可可托海，天堂打开的一扇门

这是一个美丽的世外桃源，这是一个绚丽的人间天堂，这是一个神奇的俗世仙境，这是一个浪漫的梦幻之乡。

可可托海的美就如同一幅色彩浓艳的长屏，缓缓打开时，便是你屏住呼吸，目眩神迷之时。

可可托海有多美，你看了才知道，可可托海有多么迷人，醉过你才会明白。到了她身边，空气仿佛在阳光里明朗得一碰就破。

回忆的起点，深夜的路途

初夏的一天，凌晨 3 点，我的梦中出现了各种五彩的宝石，有个蒙着面纱身着华服的女子就立在那儿，她的手握在穿着白色锦缎的王子手中，太阳很刺眼，他们的脸在阳光中模糊……

可可托海到了！一声大叫将我从重复的梦中惊醒，整个采风团的成员都揉着惺忪的睡眼，望向黑乎乎的车窗外，就这样，一路舞动着的中巴车载着我们，来了。

第一眼的可可托海，阳光下的恋人

可可托海，哈萨克语为“绿色丛林”，蒙古语为“蓝色的港湾”。“一江春水向西流”的额尔齐斯河是我国唯一注入北冰洋的河流，它刚好从可可托海镇中穿流而过。

可可托海镇看似不起眼，多年前别说是内地人，就是新疆人都没有多少人知晓它，地图上甚至都没有它的标识。在1967 年以前,可可托海“没有”名字,属于保密区,代号为“111矿场”。

而今，蒙着面纱的可可托海以其丰富的地质遗产，构成了新疆环准噶尔神秘旅游线上耀眼的一道风景线。

现在的可可托海，俨然也习惯了在游人试图洞穿的目光中，闲散地过着自己的生活，犹如可可托海人不慌不忙的性格一样，有条不紊地如同钟摆一般准时地行走着。

一走进可可托海地质公园，大家都兴奋起来。映入我们眼帘的是白桦林、塔松、红木房、青草地、水洗过的天空，这时候，它是童话的世界。

由可可托海溯额河而上，一座座突兀绝妙的花岗岩山峰便接踵而来。当我们到达额河上的艾美尔莎拉桥时，一座如钟似锥的花岗岩奇峰平地拔起，气势逼人，这就是神钟山了。众人欢呼，继而沉寂。因为都害怕凡尘的喧闹，引起这口“巨钟”的共鸣，从而摇醒了山中所有的静谧。记得黄庭坚曾写过如此的诗句：“哀怀抱绝景，更觉落笔难”。此时我也有如此的感觉。任何的攀描，于神钟山都是空洞的。它给人的震撼，它的雄伟神奇，只有亲临目染才能体会得到。于是，我默默地把这份震撼虔诚地印入脑海。

额尔齐斯河谷的风光是迷人的。走进河谷，便走进了梦幻般的绿色世界。整个山谷，水是绿的，山是绿的，大地是绿的，就连空气也是绿色的。河谷里生长着郁郁葱葱的原始森林，尽显额河山谷的地域特色。野生桦树林生长在额尔齐斯河的河湾上，绰约若处子，曼妙无比；墨清松涛浓情淡染，山清林绿如诗如画。我们时而踩着鹅卵石，时而踩着满地松软的白桦树叶，听着岸边潺潺的流水声，简直美死了。

从可可托海回来还会留下一个后遗症——无论看什么，山呀、水呀、树呀、草呀，都觉得不美了。眼睛被绿色染透了。

可可托海还有一个特点，那就是气象万千。明明这会儿还是天蓝云白、气润风清呢，过一会儿便成了乌云翻卷、雨丝如帘。一会儿，半天金亮、半天铅灰；一会儿彩虹飞架、夕阳如血……

我们一行人正在山道上徒步，一会儿，眼前便成了一片朦胧。远处的绿就像洇开了似的，好不美丽。

大雨又会毫无预兆地突然停下来，彩虹魔术般地一下就架了起来。再看那青青牧草，在阳光的照射下显得晶莹透亮；风一吹拂，整座草原潮动般波浪起伏。

这一刻，你的心会一下子软得快要化掉，你不知道怎样子怜惜她、记住她才对得起她这般的惊鸿之美。

漫步可可托海，宝石铺满地

可可托海被中外学者誉为“天然矿物陈列馆”，这里的稀有矿早在新中国成立之前便享誉海内外，其中有好几种矿的储量居全国之冠，宝石更是可可托海的主要产品之一。

在众多矿点中最著名的是“三号矿脉”，被中外地质专家称为“圣坑”。其规模之大、矿种之多、品位之高、成带性之分明，为国内独有、世界第一。因此三号矿脉被地质界称为稀有金属的“天然陈列馆”。

可可托海到底是个什么样的地方？可可托海宝石成堆。

20 世纪 30 年代，苏联的地质学者通过勘察，发现额尔齐斯河中下游的河流淤泥中，稀有金属元素的含量异常，因此推测在额河源头可能蕴藏着规模巨大的稀有金属矿。

1935 年，苏联地质调查团溯额河而上，来到可可托海，从而揭开了这一世界级稀有金属矿床的面纱。

锂、铍、铌、钽、铷、铯等金属由于在地壳的岩石中含量稀少，被称为稀有金属，它们在原子能、航天航空、电子、冶金、化工等方面有十分重要的用途，而这些金属主要含在花岗伟晶岩中的锂辉石、绿柱石、铌钽铁矿、锂云母、铯榴石等矿物里。

由于可可托海矿的开采，这个最低气温低于零下 51℃，被称为中国“冷极”之一的边疆僻地，也热闹起来。大批苏联人的到来，使这里形成了一片完全俄罗斯风格的建筑区。由于矿业的发展，当时在此设立了可可托海县，1941 年又取“天富蕴藏”之意，改称为富蕴县。

在当时极度落后的条件下，全国少有飞机，而可可托海却频频有飞机降落，可见可可托海的重要性非同一般。

就是三号矿脉，曾经替国家偿还了苏联的那笔天文数字债务的三分之一，为国家建设立下了汗马功劳。

三号矿脉历经 50 年的采掘，由原先高出地表数百米的高耸辉长岩山体，已经挖成现实中的“愚公移山”景观。那矿脉山壁上的层层旋环运矿车道，宛如古罗马的巨型“斗兽场”，气势颇为壮观。

其实，可可托海的哈萨克族牧民，很早以前就在这里发现了绿柱石等矿物晶体，并采集作为珠宝装饰物，只是当时他们并不知道，这些颜色漂亮的石头就是传说中的宝石。

绿柱石、海蓝宝石、锂辉石、紫水晶、芙蓉石、石榴石，以及彩色水晶石，站在三号矿脉旁，一弯腰就会捡到一块云母片。

在我们下榻的钟山宾馆，院子花圃旁铺路的石子都是石榴石，这真正是宝石铺地，除了可可托海，哪个地方敢有这种气势？

回首可可托海，总是一个休止符

如今的可可托海一如既往地美丽着，而我重温这一切的时候，脑海中一遍遍浮现的只有四个字——沧海桑田。

岁月轮回，过客匆匆，谁是可可托海今生要等的人？谁是我们一生要等的人？

这美丽的地质公园，仿佛一件斑斓的外衣，灿烂若锦。环顾祖国大地，没有商业喧嚣侵扰的自然景观和奇特淳朴的人文风情已所剩无几，可可托海是其中之一。

可可托海有多美，你看了才知道，可可托海有多么迷人，醉过你才会明白。到了她身边，就仿佛天堂打开了一扇门；空气在阳光里明朗得仿佛一碰就破。我只有贪婪地呼吸，放声地高叫。

这里的山水能让人忘掉生活中的区别：年龄、财富。而这样诗意的景色，就算你不是诗人，此刻也变成了半个诗人。

夜晚，看一眼缀满蓝宝石的天空，你就会心怀感激。

那些漫山遍野恣意开放的灿烂野花，只一眼，就会把你瞬间击中。

不过，一切都在改变，一切正在改变。要不了几年，我们可能就会看到一个人头攒动的旅游景点。好在可可托海的山山水水因其远、因其险，没有和其他大好河山一样，“热”得让你索然无味。

在一个又一个平淡的日子中，我常常会怀念那些可以让我对现实生活失忆的稀有瞬间——如在可可托海做梦的日子。

梦中的公主在铺满宝石的山水间，和她的王子迎风伫立……

我一直以来都很喜欢写游记，因为写游记是有回报的，一条路等于走了两次，一次在路上，一次在心里。

独享山花梦

初夏时节，微风吹过，牧草疯长，到达裕民的时候，头顶的云悄悄盈了些泪，一场润雨，一夜之间草原就绿遍了。

芍药谷的花儿也开起来了，一片片、一茬茬，赶潮般的一路铺展开去，汇入那片桃红色的海洋中。

人们评花有“牡丹第一，芍药第二”之说。古人言：“牡丹为花王，芍药为花相。”《红楼梦》中的“仙杖香挑芍药花”，描绘了一位花仙子的形象，她所挑的花便是飘香的芍药花。

看着满坡满谷的芍药花儿，我有一种说不出的感动。

如果有一个词可以形容她们，那就是“惊艳”。所有的人都醉在这一片华丽之中……

草原花艳

你知道野生芍药花长啥样吗？

你能够想象出漫山遍野的芍药花盛开的醉人情景吗？

你相信世界上有这样一座芍药谷吗？

去裕民……

裕民县资源丰富、景色优美，素有北疆“万花园”之称。天上有多少颗星星，裕民的草原上就有多少种花。

每次看到那些盛开在草原上的花儿，我都有一种说不出的感动。

如果说草原上的羊像云彩，那么芍药谷的花就像夜空中的繁星了，她们成堆成片地簇拥在一起，让人感觉她们总是在眯着眼笑着，有时像羞涩淑女般抿着嘴笑不露齿，有时则阳刚爽朗地大笑，有风的时候她们更是笑得前仰后合，花枝乱颤，好像心里藏着几百件快乐的事。我不禁想，花儿如果有翅膀一定会去追赶天上的白云吧……

草原上的花是最美丽的花，她遍布四野，无边无际；她醇香泼辣，如蜜如酒；草原上的花，会把草原的春夏秋季打扮得花团锦簇。

草原上的花究竟有多美，我觉得任何形容词都配不上她们。那些花儿，即使把她们直接移植到天堂里去，也不会逊色。

一朵鲜艳的花，就像朦胧中的一颗星辰，萦绕在每一个赏花人的梦中……

芍药不仅是名花，而且根可供药用。据说，芍药根含有芍药甙和苯甲酸，用途因种而异。中药里的白芍主要是指芍药的根，它是镇痛、通经药。对妇女的腹痛、胃痉挛、眩晕、痛风、利尿等病症有效。

山花有太多的颜色，比画家，比人类甚至比神仙所能想象到的色彩还要多得多。那些饱含汁液、充满灵性而又摄人魂魄的花儿呀，像怀春的女子，不停地变换着衣裙的色彩，一片一片、一簇一簇，那样地让人意外和惊喜。

草原上的花有自己的体香和心香。有心人啊，只要用心你就能分得出不同。

"我在这里啊，就在这里啊，惊鸿一般短暂，像夏花一样绚烂……"不知道为什么，每当置身于花丛中，我总是会想起她——古勒丹。

古勒丹，这句哈萨克语的意思是——花开，永远地开。

古勒丹是我在草原上认识的，那天一下车，我就看见了她，她正和几个邻居一起在准备擀毡的羊毛。古勤丹那时 36 岁，已经是两个孩子的母亲了，她一天学也没有上过，也不会说普通话，可阳光下的她一直笑眯眯的，她一边干着活，一边噘着嘴唇吹着口哨，调子还颇为欢快。

我举着相机在她们身边穿来穿去，她们融在那片山水中，仿佛一幅画，这幅画中的女人们换了一茬又一茬，她们毫无怨言地从事着繁重辛劳的生计，她们并没有满怀苦楚，笑容依然绽放在她们的脸上，清亮的歌声仍然时时在山水间回响。她们就像草原上的芨芨草一样健康、生机勃勃、就像那刚刚挤出的马奶子一样纯净、温厚，她们都知道，自己辛辛苦苦是为了这个家，为了自己的孩子和丈夫过得更好一些，她们对这样的生活知足而感恩，她们为能从大自然那里获得衣食而欢喜，可她们明白，这一切需要汗水才能获得。

有这样的女人陪伴，男人是有福的。

这里的女人脸上绝没有城市女子脸上的迷茫，就连一位 70 多岁的老妈妈，那眼神也清澈如少女一般，她不可思议地拖着两条又黑又粗的大辫子，我着急地问她，头发为什么会保养得这么好，她没有因为听不懂我的话改变笑容，那慈母般的微笑让女儿像一只温顺的小羊羔一样依偎在她怀中。

走进她们的毡房中，婆婆、媳妇、女儿，几个女人一直忙碌着招待客人，当丰盛的佳肴端上桌，她们又和家中的长者为大家献上悠扬的民歌，那一刻，她们唱得忘掉了一切，仿佛自己是草原上的女王一般，表情如痴如醉。

在城市，不管是单人床还是双人床，都躺着太多孤独的梦。不是我们在回避爱情，也不是这个世界没有适合的爱情，而是爱情站在了视线之外。城市里的男人因此陷入一场巨大的捉迷藏，形象如几米的漫画，向左走，向右走，适合相爱的人不在一个方向。

一个好女人，就是一个好地方。

一个好女人，就是一个家。

无论你走到哪里，这个地方都不能从你的梦境中消失。在你孤独的时候，她给你慰藉；在你困惑的时候，她给你依靠；在你落魄的时候，她给你希望。

歌声中的酒是没法拒绝的。没有酒量的我听着草原女子的歌声顿时有了酒胆，接过敬酒一饮而尽。那碗白酒便从喉咙一路烧到肚子里，霎时间天旋地转，被人扶到宾馆的床上，没有失眠，没有梦，直到日上三竿，我才睁开惺忪的双眼，整整一天竟然神清气爽，都道是，人生难得几回醉，原来醉酒的感觉也很美妙。

不能忘记的，还有另外一个古勒丹。她头上插着羽毛，穿着一袭红色的纱裙，她牵着马走来的时候，一边舞动着手中的马鞭，一边咯咯地笑着，是想起了什么开心事，还是刚经历了一件高兴的事，我不得而知，只觉得，那一山坡的花儿都被她笑开了。

古人云：郁郁黄花尽是法身。在夏日的草原上，在一片花海中，我愿意把每一朵花想象成一个女子，那些花儿在那一刻仿佛静静地只为我一个人盛开着。虽然，草原上的花也会凋零，美人会迟暮，但那一刻，感动会无以复加。

花开的时候，会有很多花瓣落在地上，少了含苞欲放时的多姿和婀娜，一切都很匆匆，但我已经深深记住了她们绚烂时的美丽。

繁花如梦

只要去远方，多么漫长的路途我都不怕，长长的行程正好可以让我大做白日梦，很多美好的人和事在遐想联翩中陪我度过愉快的时光，脚步在山水间游走，是最惬意的事！

是的，我能感受到这种自由。古语说："人无千日好，花无百日红"。人生短暂，自古皆然，就如同草原上的花。

花开就要有人欣赏。

一朵花盛开的时候，有着怎样的希冀与渴望，盛开的花儿专注而热烈，她最怕的不是风雨，不是凋零，她怕的是花开的时候没有人驻足读她……

有草原的地方就有花。那一个个毡房就卧在草原上，草原就是牧民的"后花园"。

家就在花园中，这是多么令人神往的事啊！

一朵鲜艳的花，就像朦胧中的一颗星辰，萦绕在每一个看到她的人梦中……

"我有花一朵，种在我心中，含苞待放意幽幽，朝朝与暮暮，我切切地等候，有心的人来入梦……"每次听到这首歌都会难过，人同花儿一样，都怕孤独。

人们啊，走在草原上，千万不要忽视那漫山遍野的鲜花，要为她们停一停脚步，闻一下她们的芬芳，要闭上眼睛，试着感觉到她纷纷飘落在你的四周，只要一点点，也有暗香盈袖的感觉，抖抖衣袖，便是抖落一身花瓣一场轻梦了。

从此以后，那些花儿便会时时出现在你眼前，她们会永远开在你的心底。

那一朵朵的花儿，仿佛前世今生都是为你而开，真的，置身于这样一片花海中，你会感动、会怜惜、会落泪，会永远记住她们娇媚的模样。

《候鸟》中说，每一只鸟都有一个远方。我的远方在路上，它让我远离嘈杂的城市、叵测的人心，回到本真的状态。

每每，走在路上的我，都仿佛一朵花一般，开了。

一次次，走在路上的我，都会被突现在眼前的美景瞬间击中，那一刻，充盈心中的是那莫名的温暖和忧伤。

一辈子我都忘不了她们了，裕民的野生芍药谷。

在恋恋不舍中，我越过花丛，越过相似的美丽，越过来时的激动……你看这一切，多像尘世的一生，在千百回的轮回中花开花落。

将心遗落喀纳斯

走在喀纳斯，就像在一幅浓墨重彩的丹青中穿行。

工作只能使我们成为同事，并不能使我们成为朋友；婚姻只能使我们成为夫妻，也不能让我们成为朋友。想成为朋友必须能够玩到一起，稍作观察不难发现，很多朋友反目、夫妻分手多为趣味不合，这叫玩不到一块儿。

很庆幸6月里的喀纳斯风韵笔会让我们一群“臭味相投”的朋友们聚在了一起。对我们而言，旅游不单纯是看风景，而是在体验心路历程。

“身在名场翻滚，心在荒村听雨”。我一年中最放松、最本真、最开心的时候，便是在“荒村听雨”的那些日子。

相信每个要出发的人都会不停地在心里揣测，会在这段旅途中遇到什么，我也一样。

曾经有无数次机会，甚至在阿勒泰市逗留过一周，我都没有生过去喀纳斯的念头，因为我看了太多描绘她的文章，在我心中，她宛如一个曼妙的梦境，一个心仪的梦中情人，就只能活在虚幻中，我非常害怕，乍一相见，她辜负了我对她所有的期待与想象。

可是她没有，她知道我的渴望、我的希冀、我的期待，呈现在我面前的，是她最美、最丰盈的时刻。那翠绿的湖面被层层叠叠的绿环绕着，像一面丝缎，偶尔游船驶过处会划出一道长长的白色蕾丝花边，看一眼湖水，眼睛便清澈了，再看一眼，心也净了，她是那样的高贵典雅，美丽得无与伦比。

坐在游艇上，面对这样的山、这样的水、这样的阳光和空气，我尽情地享受着、享受着风吹脸颊的惬意，心灵就像吸氧般地格外畅快。我真的害怕，将来有一天，因为年纪、因为压力、因为寂寞、因为很多不得不做的事情，在这同样的山水中，我没有了同样的心情去享受她。

所以，现在的我是那样迫不及待地喜爱旅行，看我没看过的地方，走我未走过的路，带着激情和梦想。

一口气爬上了观鱼亭，凭栏斜坐，无限风景在眼前水一样地流过，心里的喧嚣渐渐淡去。坐了好久，太阳都要下山了，我才恋恋不舍地挪动了脚步。我们沿着小路慢悠悠地晃着，不时被路边的野花迷得不忍离去。旅途中，我们的眼睛永远不会忽略掉美。当我们沉浸在花香中的时候，不会忘记赶路，不会为一朵花停留太久，因为，一路上，满径都是鲜花，我们只是一个过路的人。走到半山腰，只见一男作家扛着相机美滋滋地迎上来："最美的风景你们没看见，那一山坡的野芍药花，开得太牛了！"这是我第一次听男人这样赞美鲜花。

晚餐后，县委宣传部给我们安排了篝火歌舞晚会，一整天的美景在我心里还未消化透，便一个人留在了木屋里。粉色的灯光柔柔地洒下，洁白的床单罩在一片暖洋洋的光环中。洗完澡，关了电视，灯就那样暖暖地亮着，披上大衣，我踱出了房门。

喀纳斯真是愈夜愈妖娆，夜幕漆黑，月亮又大又圆明晃晃地挂在那里，满天的繁星蓝宝石一样镶嵌在它周围，仿佛一伸手就能够着，漆黑的林野，令人忍不住猜测里面会隐藏着什么魂灵……这才叫夜色撩人。

度假村也为游人燃起了篝火，唯一的缺憾是，喇叭里的分贝太高了，于这苍茫的夜色太不协调。我对喀纳斯，突然间，觉得有资格说些什么，就像一场渴望占有的爱情。

然而，垂钓捕捞的人、载歌载舞的人、观光作乐的游客，也都有同样的资格去渴望，也都在尽力侵占但凡能属于他们的任何一种权力。只可怜，却就是迷人的喀纳斯，没有选择的权利。

好害怕有一天，她变得喧闹、拥挤、杂乱无章。因为突然陷入追逐和包围，不知如何是好。谁给她一串霓虹灯，她就胡乱挂在家门口；谁招呼她上车兜风，她便奏着高分贝的迪斯科招摇过市；每一场喧腾的聚会她都不愿错过，动辄喝得东倒西歪；只怕自己不够浓艳，任何一种妆容她都敢试；春天走了还是夏天来了她已无暇顾及，只要人群还没散去她就要尽情狂欢……

千万别让她变得如此堕落和放纵。喀纳斯，我在心中为她祈祷，因为，我已经难得见到这么干净，如处子般圣洁的地方了。

30岁以后，没有什么人和事能给我留下刻骨铭心的记忆，能打动我的就剩下美景美食了。此时此刻，喀纳斯的夜，我一个人的夜晚，显得那样的诗意阑珊，那是碌碌俗世中我曾百转千回的梦境，这个夜晚——让人天荒地老，渺然绝尘。

欣赏了卧龙湾、月亮湾、神仙湾……喝了圣泉的水，第二天的傍晚时分我们来到了图瓦人居住的村落，喀纳斯景区开发以前他们过着几乎与世隔绝的生活，没有人知道他们的过去。传说，图瓦人是成吉思汗西征时遗留的部分老、弱、病、残士兵逐渐繁衍至今，因此，图瓦人身上罩上了一层神秘的气息。

晚餐是狂欢之夜的前奏，大碗大碗醇香的奶酒滋润着我们的心田，也滋长着我们的胆量。当敬酒歌不停地萦绕耳际时，同行的姐妹兄弟们站成了一排，把大家在车上紧急排练的节目献给好客的主人。

我们一共合唱了三首歌，只听得主人们笑得喘不上气。其中一首歌的歌词大意是这样的：

“一个婆娘美如画，一个老汉看上了她，他们两个跑到公社去登记，公社书记批评了他们：你们年纪相差这么大，还要结婚生娃娃，全国人民都像你们一样，怎么实现四个现代化。他们两个回到了家，煤油灯下学习婚姻法，既然党的政策不允许这样，我们两个私奔了吧。”

一时间，大家从餐厅唱到了草地上，点起了篝火尽情歌舞。

人需要狂欢，尤其今天。现代生活令人紧张，身体拥挤心却隔离，需要有一处摆脱利害，摈弃等级，吐尽污浊的地方。

图瓦村给了我们这如醉如痴的感觉。那一刻，我们是世界，我们是孩子，成人社会的一切规则被抛弃了……

曲终人散，我们几个夜猫子又晃悠着去找小酒馆，寻到路边一亮灯的小木屋，奶酒是再也喝不下了，要了一大壶奶茶，几串烤肉。主人又为我们摆满了糖果、葡萄干……手捧热乎乎的奶茶，睁着一双醉眼说着醉话，小资的女诗人点燃了香烟，我没记住烟名，却牢牢记住了烟盒上的两句话：与君初相识，犹如故人归。

此时的小木屋就像一片原始森林，有积年腐叶的清香；有小桥流水的幽谧；有一种与世隔绝的安宁……真美死了！

回去的路上，被我们称为帅哥的作家被一条老尾随我们的狗给激怒了，漆黑寂静的夜里，他在草原上狂追那条狗，我们全都吓坏了，生怕他被狗伤着。事实上，那狗早已被他吓傻了，它大概活完这一生都遇不到真正敢追它的人，所以，它一路狂吠着落荒而逃了。

第二天，我们去聆听“苏尔”。

图瓦村中有一位额尔德什老人，已经67岁了，这个年龄在图瓦人中已是高寿。额尔德什老人会吹奏一种叫“苏尔”的自制乐器。

有专家称，“苏尔”实际上应该是“楚儿”，它是音译，中国古代有一种叫作“胡笳”的乐器，胡笳十八拍，胡笳有多种形式，“苏尔”是目前民间遗存的其中之一，是中国音乐的活化石。它是一支特别的木棍，有三孔能够吹出六个声。

额尔德什老人身着艳丽的蒙古服装，为我们吹奏“苏尔”，曲调时而高亢，时而舒缓，如泣如诉……大概只有喀纳斯能孕育出这样的天籁之音。

午休时，女人们不知不觉谈起了孩子，继而谈到教育，接着都回忆起了自己的启蒙老师。叶尔克西老师一边聊一边拿着张餐巾纸消灭苍蝇。就三下，玻璃窗上的3只苍蝇便被卷进了纸巾中。我们惊叹，叶尔克西却语出惊人：“这有什么难的，一要出手快，二要准，而且我一看见这些苍蝇，就想起小学老师骂我们的一句话，‘你们不好好学习的话，就像窗户上的苍蝇，有光明没前途！’”大家哄笑，我说：“我们小学老师的经典语言是：‘你们这些杂碎、哈喇子。’”

大家做晕倒状：“好恶心哦。”

谈起老师，我们对图瓦人的学校产生了兴趣，下午拜访图瓦人时，还专门去看了看那个特殊的小学。那儿的孩子们像小鸟般自由快乐。

在向导的引领下，大家三五成群地分开聊天，在一个图瓦老人家里，我们询问了他们的历史、文化及婚丧嫁娶等一切我们感兴趣的话题。图瓦人主要使用的是哈萨克语，叶尔克西就责无旁贷做起了翻译，译着译着，她不管大伙了，跟图瓦人聊得像是来走亲戚似的。

聊够了，我们几个来到了禾木河边，一人坐一块大石头，一边听水流淙淙，一边听叶尔克西讲哈萨克族、俄罗斯族和图瓦人的故事。听着叶尔克西缓缓地讲述，看着她那从容的神情，你不得不相信，一个女人永恒的魅力来自她丰厚的学识和良好的修养。

那是多么悠闲的一个下午啊，奶牛只离我一米远，河水就在我脚下，白桦树就在我背后，而朋友们又在讲述着遥远的如童话般的故事，人们所说的世外桃源，是不是指这样的生活——悠闲而祥和。

骑着马儿踱回村子时，前一晚给我们熬奶茶的图瓦汉子抱着他的孩子热情地同我打招呼，我拍下了父子俩幸福的神情。

离开时，我记了一下门牌，我知道我一定会再来，那时候约几个好友，就醉在这个与世无争的村子里吧。

快乐的日子总是短暂的，送行的车辆刚一进入乌鲁木齐，

那是多么悠闲的一个下午啊，奶牛只离我一米远，河水就在我脚下，白桦树就在我背后，而朋友们又在讲述着遥远的如童话般的故事，人们所说的世外桃源，是不是指这样的生活——悠闲而祥和。

滚滚红尘中的各种热浪就扑面而来。大伙齐叹，这真是从天上回到了人间。

而我，早已将心遗落在了喀纳斯。

喀拉峻——神的后花园

是很多年前的事了。那个青翠欲滴的夏日，那些绚烂如霞的傍晚，那些碧玉潭、翡翠河流过的日子却总浮现在眼前，就像散落在水中的和田玉，历经岁月的冲刷，愈发显得灵奇美妙、珠圆玉润。

那一年，我们 5 个人一头扎进喀拉峻，那是我们的蜜月期，也是我们和草原的蜜月期。临行前，我们也邀请过男士同往，却没人敢同我们一起去。沈苇老师很是纠结了一番，他说，假如此行就他一个男士陪我们 5 个女人出门，必得放弃，因为他对一个人好，等于得罪了 4 个人，他对所有人好，那他便会沦落成一个男仆。他展开诗人丰富的想象力，给我们描绘了这样一幅画面——他跟在一群女子身后，左手举着5支牙刷，右臂搭着5条毛巾，身上挂着花花绿绿的5个包包……

我们丢下一串笑声出发了。

诗人松龄彼时在特克斯挂职副县长，最希望有人多去宣传特克斯，他为我们做全程导游，将喀拉峻描绘成了瑶池仙境，10年前，去喀拉峻可不像现在这样方便，一条柏油马路直通景区，当年的我们经过漫长的颠簸和滚滚的灰尘，终于来到了她的面前。

她一直静静地躺在纯净的空气里。当她的近邻都成为都市人趋之若鹜的旅游地时，她依然处于少数人心中最隐秘的天堂，其情其景，就好像周围邻居都在大宴宾客热闹非凡时，她却在寂寞中保持着内在的尊严。

喀拉峻草原带给你的惊喜，就好像有一天，当你推开家门，你日夜思念的亲人突然出现在眼前一样。

夏日的草原简直就是把所有的植物浓缩成了一个活的标本馆。

我们看一处，惊叹一声。

在这个美丽的地方，人和人之间也变得单纯而和谐。

我们大口地吃肉，不皱眉头地喝酒，以至于在一处吃完喝完，挪到了下一处，还有哈萨克汉子骑着马拎着白酒漫山遍野地找我们，我们远远地窝在草丛中看着，捂着嘴不敢笑出声。在喀拉峻，一日三餐挨得很近时间又很长，我们 5 个人餐餐都吃得兴高采烈。松龄摇头叹息：太能吃了，你们下次再来，那些羊啊马呀的一见你们估计会四处逃窜……

吃饱喝足，躺在青草坡上，听松龄给我们絮叨他的特克斯——那辽阔的草原是乌孙国历代可汗唯一旅游享乐的皇宫，细君公主和解忧公主远嫁乌孙王后每年夏季都会到这里游玩。

走在这自然天成的风景中，人是很容易滋生梦想的，假如在这里盖一幢红顶白墙的小木房，每日里同群峰、峡谷为伴，是多么惬意的生活？

喀拉峻草原的每一处景物都自然天成，被联合国粮农组织誉为世界上少有的天然优质大草原。它的峡谷内，遍布茂盛的云杉，而那大片大片的野花被充足的雨水滋润着，显得愈发风盈娇艳。这里真是名人贤士隐居的世外桃源。置身于这样的天然森林植物园，整个人都会觉得神清气爽。

九曲十八弯，是最令人动情的地方，她就像环绕在喀拉峻大地上的一条翡翠河。这里的河道弯弯曲曲，环环绕绕，几乎找不到直流，河水两岸芳草萋萋，地毯一般，风儿吹过，绿波荡漾，招惹得人恨不得躺在上面打几个滚。

这里的温泉、瀑布、河流，清澈得令人感动。恍惚间，细君、解忧公主的丽影也在山间流连。这使我想起一首《点绛唇》：“……山青水碧，人面何处去？人自多情，吟吟水边立。千万缕，溪水难寄，任是东流去。”

“人自多情，吟吟水边立”，是多么动人的一幅画面，此情此景，怎不令人变得诗意起来？

夜里，篝火燃起的时候，我们不用任何人要求，一个赛一个地唱着平日里不敢唱出来的变调的歌曲，跳起在舞厅里不敢展示的舞姿；大碗地喝酒，大块地撕扯着吃肉。在火光的映照下，此时的我们是最真实的，也是最纯粹的。草原上的篝火之夜，最能诠释生命的激情与美丽。

晚上，宿居在蒙古包里，那湿润的空气中飘散着各种花草的馨香和森林的味道。

人就这么迷醉着入梦了。

我有些明白为什么深山密林中总会有那么多动人的传说，因为这里的一草一木都见证了太多的沧桑变化，只有它们才懂得什么是天长地久。

在草原上，我总是喜欢一口气爬上山坡，坐在软软的草丛中，让无限风景在眼前水一样地流过，这一刻，心里的喧嚣渐渐淡去。

每当看到鲜嫩的草儿像一湖碧水荡漾开来，我就会替羊儿高兴起来，还会不由自主地想，羊儿做梦吗？它们梦想过这样的草原吗？

喀拉峻草原的羊一定是世上最幸福最美丽的羊了。吃过这样绿这样嫩的草，羊的皮毛中就隐约透出草的翠色，散发出草的香气。

一只幸福的羊只需要一片肥美的草地就足够了。

游一次喀拉峻，仿佛把惊叹调都用光了。真是兴未尽，人忘归。

浪漫和激情，在喀拉峻，就是这样简单，以至于在离开她之后，每当想起她，一股柔情就从心底漫卷开来。尽管过去了许多年，可喀拉峻一直都藏在我们心中最柔软的那个角落中。

也许，特克斯有比这更美的地方，可是在这里，天蓝得让人绝望，阳光那样不计成本地洒下来，丝丝缕缕，金粉万千。我们沐浴在这样的阳光下，个个都像回到了童年，可着劲儿撒欢。

坐在草地上，我们感觉自己变轻盈了，每个人都卸掉了盔甲和面具，而喀拉峻也为我们揭开了面纱。我没有酒量，但我愿意醉倒在这里。

千红很快就喝高了，她摇摇晃晃地巡视着草原，仿佛在看自家的草场，然后笑眯眯地一屁股坐在一摊新鲜的牛粪上。

已经微醺的我也有了胆量，骑着一匹马奔跑起来，风从我耳边掠过，无边无际的草原就在我的脚下，那一刻，我宛如这片草原上的女王。一圈下来，四周的人们都在喝彩，我心里真是美滋滋的，突然间，从不远处的毡房里窜出一条狗来，马儿顿时惊了，一声长啸，我被重重地摔下马，幸亏是茂密的草场，也幸亏是我的屁股先着地，只是听说那一片地儿从此再没有长出青草来。

如今，人们开始强调慢生活，来到草原才能体会到什么是慢生活。

缓慢的草原生活除了对远道而来的游人饱含新鲜感外，对牧民们而言，日子似乎永远波澜不惊，甚至是乏善可陈。只有在草原上野花怒放的最温暖最美丽的季节，人们才会有一种心里痒痒的感觉，这时候的草原，犹如一个女人最动人的青春年华。

6 月至 8 月是她最华丽的时节，草原青翠如玉，星星点点的野花像是画家不经意描上去的点睛之笔，摇曳在草原上……

这是一年里骏马最剽悍、牛羊最肥壮、牧人最兴奋的季节。

当然，此时的草原也撩拨得我们蠢蠢欲动……因为我们坚信，在这个时代，只有草原上的牧歌才能如此欢快，情感才会那么绵长，笑容才会如此真诚。

对这个季节出门去草原的人，大家都会为她们描绘出一段艳遇。

是啊，在路上，你永远不知道会发生什么。

千红说，去远方，邂逅有缘人。是她在每天重复机械工作、疲于奔命的情况下，对生活发出的美好呼唤。

设想一下，一男一女在夕阳的余晖里相遇，然后听着松涛声，在草原上漫步，接着擦出了火花，最后为了对方的幸福，洒泪告别……哦，我们5个人做陶醉状！

有人说，“艳遇是指旅途中不期而遇的一次美丽邂逅”。我认为这里面的关键词不是旅途，也不是美丽，而是邂逅。

邂逅的意思是一不留神碰见了，一不留神碰见的一定是不熟悉的人，才能称其为艳遇。熟悉的人一不留神碰见，发生了一些事儿，那不叫艳遇，叫旧情复发。两个完全不熟悉的男女耳鬓厮磨，除了身体的欲望，一见钟情什么的听着就不靠谱。说白了，艳遇是世人给身体干的严重不靠谱的事一个美丽的命名。

我曾多次设想过《廊桥遗梦》的女主人公所谓为了家庭责

任跟艳遇分手，是给自己一个台阶下，本质上是看那个男的完全靠不住，跟着他混还不如跟着现在的老公混。

其实，爱是需要一点点奋不顾身的，两个人的感情真的经不起反复核算。爱是一种信仰，如果真要体会世间的深爱，有的时候就需要一点点愿赌服输的决心。

爱一个人并不在于能和一个优秀的人生活在一起，那不叫爱，那叫运气。世间的爱不是这样的——世间的爱是需要彼此搀扶的，在茫茫人海中找到真爱，其实不过是为了找到那么一个人，这个人肯心甘情愿地陪着自己，无论在任何时候任何地方遇到任何事情。

对于女人来说，只要心中有爱，世界的每一个角落都可以是天堂。

少女时对艳遇充满了向往，但看多了不入流的一场场“厌遇”，才知道爱情其实跟艳遇无关。

人的胃口要是被什么东西破坏了，一般忘不了，艳遇最危险的是碰见了一个坏男人，坏了自己终身对男人的胃口。

草原上的男人一般都是真汉子，与俗世中只会花言巧语的男人们有着天壤之别。他们带给我们的除了感动还是感动。

与喀拉峻初相遇，只觉得那绿铺天盖地地来，在大自然最初相互依傍的和谐而又纯净里，我们 5 个女子释放了最纯粹的自己，大家放开所有的矜持奔跑着，大喊着，在草地上打着滚儿，抓蝴蝶、采野花、摘野果……喀拉峻一下子把我们全部送回了童年。

都市中的我们见惯了脂肪堆里的所谓帅哥，在天苍苍、野茫茫的喀拉峻草原，见到了一个真正的阳光小伙子，如惊鸿一瞥，我们 5 人团的团长惊叹：“啧，真叫人流口水啊！”毡房里，我们手捧热奶茶一碗接一碗地喝，一碟碟香喷喷的奶油，一会儿就被我们用一块块馕旋转光了。还有酸奶子，马奶酒，全是自家酿制，纯正鲜美。

夜已深，半盏灯火如豆。迷死人不偿命的哈萨克帅哥取下挂在墙上的冬不拉，随意拨弄琴弦，且弹且唱，韵律悠扬。都说马和歌是哈萨克人的翅膀，我们 5 个女子，就这样沉醉着。恍惚中，一些幸福的、浪漫的甚至辛酸的往事全部涌上心头，年少的往事，在天涯偶遇的陌生人面前毫不经意地翻开……世间如此空旷寂寞，我们都想获取温暖。人，有的时候是一个奇怪的动物，对自己想要的东西，不能抛开一切去追求，而对于自己不想要的东西，又不能洒脱地放弃，出奇的诡异。

那一晚，5 个女人唠唠叨叨倾吐着知心话，真的，草原是我们见过的最淳朴的世界，马儿无须缰绳，牛儿无须驱赶，羊呢，幸福地被青草包围着，这里是它们的世界；蘑菇般的毡房逐弯弯河水而定，在这广阔无际的草原上你已经没有什么心思可以对人隐藏。

说累了，一同出门仰头数星星，5个人看着宝石般的天幕仿佛触手可及，都不知道用什么词配得起她，只好一个个咬着手指傻傻地笑。

坐在马厩前的木桩上，脚下松软的黑土地散发青草、枯草与马粪的自然味道，看着星星，忽然想起一本书上男女主人公有这么一段对话，男问："你怕不怕死？"女答："我怕死，但我更怕老！如果要我选择，我不会选择老死！我希望自己可以以最美丽的方式离开尘世。"男道："我不会让你轻易死去，因为有你在，世界才美丽！"这段对话不是出自言情小说，而是梁羽生的武侠小说《白发魔女传》中的对话，这是一段爱情悲剧，武当弟子与冰山魔女相爱，但是武当弟子要去接任武当掌门，在大义与责任面前，他舍弃了爱人，而爱人一夜间头发全都白了。魔女以最凄美的方式老去，以最极端的方式与爱人白头偕老……

我们相约，有一天，当年华老去，当俗世的心灵蒙尘，让白发苍苍的我们，再来喀拉峻，再爱一次我们的青春。

那一刻，我们能想到的最浪漫的事，就是和自己的爱人在清冷又温柔的暗夜星光下，执手相依。

晨行于露草之野，暮宿于云杉之帷，晚风习习，听着草虫的鸣叫，望着童话般的星空，听着史诗般的旋律，想着似幻非幻的从前和现在，想着那些发黄的往事……恍惚中，竟然有片刻的销魂。

原来世界可以这样喧嚣，喧嚣得让我们听不见彼此的心跳；原来世界可以这样安静，安静到只剩下你我的呼吸……

人在旅途，看着沿途的风景充斥着本不是很纯净的大脑，那是一种莫名的快感，此时，没有任何人、任何事可以占据空白的心灵，去侵犯那片神圣的领地。从那以后，喀拉峻成了我们5个女人共同的话题，偶尔相遇，我们通常会长叹一声，唉，喀拉峻……

美丽的景和美丽的梦都是可遇而不可求的，常常在最没能料到的时刻里出现。

在喀拉峻草原上，接待我们的哈萨克族乡长告诉我们，牧民们如果喜欢上了哪个姑娘，会试探着抠抠她的手心，姑娘如果不生气，那就是心里早就喜欢上了小伙子。

看到“团长”和千红豪迈地大碗喝着酒，哈萨克族乡长高兴地竖起了大拇指，喝完了下马酒后，乡长对着我们美丽的“团长”一遍遍地说：“你们今天走了嘛，以后我会天天在梦里看见你们。”

大家上了车，乡长还拎着酒瓶骑在马上看着我们，车开出好半天了，“团长”忽然说：“他刚才和我握手道别的时候抠我的手心了。”一时间，大家笑成一团。

从那以后，“让我抠抠你的手心”被我们深深地留在了记忆中，和喀拉峻一起。

把彩虹披在肩上

刺绣，是新疆最古老的手工艺之一、哈萨克族手工刺绣，源于何时已不可考。只知道在很久以前，当哈萨克族的男人们身骑骏马，肩托猎鹰，伴着冬不拉悠扬的琴声，在辽阔的草原上游牧时，哈萨克族的妇女们就在自家的毡房里，用五彩毛线绣出幸福的生活，绣出快乐的心情，绣出心中的歌。

哈萨克族刺绣具有古老而独特的民族风格。那些多彩的装饰纹饰可以说是女人们对美的追求，她们在天天接触的日常用品上选择最显眼的位置运用多种手法，高超地展示出了她们对虚与实、简与繁、抽象与具象的艺术表现力。

哈萨克族妇女是非常勤劳的，小姑娘从懂事起就开始帮着妈妈绣花、做缝纫活、纺羊毛了。

进到哈萨克人家的毡房中，你会发现自己置身于一个五彩斑斓的世界中，哈萨克族女人总是尽自己最大的能力把家装饰成温暖的“花园”，头顶上是色彩艳丽的流苏，脚底下是繁花似锦的手工毛毯，服装、鞋靴、被褥、壁毯统统华丽而炫目，任何一样东西都是一件工艺品。

哈萨克女子的一生仿佛草原上的羊，吃的是草，挤的是奶，离开时留给人们的是鲜美的羊肉和温暖的羊毛；那些曾经像花儿一样的女人们，在离开这个世界时，陪伴她们的，除了三层白色的纱巾，就是一把小梳子，一面镜子或者一瓶花露水，最后，是一块香皂为她们洗去岁月的风尘。

都是这样的，草原上的女人们把温暖和爱给了男人和孩子，自己把冰冷和孤独全部带走。一季一季的山花都是这样开了又落的……

如果你有机会审视一下哈萨克族女子的神情，你会读到一种宁静和从容，她们的身板和她们的内心一样，仿佛能够容纳一切磨难，且能够含笑于世。就像一棵冬天里的树，在寒风吹来的时候，弯下腰去，寒风过后，把腰再直起来。

美丽的草原，赋予哈萨克族妇女水一样的灵性和柔情。她们对身边的美有着最真实、深切的感受。雪峰、清泉、草原、鲜花、牛羊、骏马以及天鹅、孔雀，一切美的东西皆可入“绣”，她们让草原的本色在刺绣中流淌。

哈萨克女子的刺绣手艺仿佛一支古老的歌谣，她们一代代地，从这只手到那一只手，从少女白皙的如葱管般的手绣到布满皱褶的手，那五彩斑斓的丝线里有她们的梦想和爱情。

那些刺绣的图案大多取材于现实生活中的各种花卉、枝叶、蔓藤，最常见的是巴旦木花、石榴花、四瓣花、八瓣花等，边框大多为几何形体的直、斜线条，三角纹、齿牙纹、回纹、太阳纹、龛形纹，但都是经过了高度的提炼和夸张变形，每种纹饰都表现着她们的审美情趣。

哈萨克族刺绣有自己独特的风韵，不刻意追求写实，而追求美的幻想和夸张，无论是图纹还是配色，都带有浓郁的民族特色。她们的刺绣图纹往往连环对称。所用的彩线有的是自纺自染，染料是从各种有色植物和矿石提炼而成的。

一件精美的哈萨克族刺绣，要花数十个甚至上百个工日才能完成。她们在绸缎、呢绒、皮革、毛毡上用挑花、贴花、补花、钩花、刺花等工艺技术加工成的装饰图案，构思奇巧，色彩艳丽。

用这种原料制作成的服装、鞋靴、被褥、壁毯华丽炫目，美观大方。特别是以日月星辰、云水花草等形象装饰出的手工制品上的图案更是让人惊叹。

如果不是亲眼所见，你难以相信粗犷剽悍的哈萨克族也会有如此细腻精美的刺绣。

这代代相传的民间手工刺绣，深深蕴含着草原民族的细腻与柔情和对美好生活的企望。

乔勒帕西已经 62 岁了，她的刺绣手艺算到女儿这一代就已经是第四代了，乔勒帕西有 3 个孩子，大女儿一直是她最得力的帮手，可她已经嫁出去了。

乔勒帕西的家就像一个小小的王宫，那低垂的流苏，那艳丽的挂饰，那多彩的花毡……仿佛让人置身于一个五彩缤纷的绣品世界中。

乔勒帕西说，传统的哈萨克族手工刺绣，是用盐和奶混合调汁，在黑、红、紫三种颜色的绒布，或白色棉布衬底上，勾勒出草木花卉、飞禽走兽、抽象纹饰以及刺绣者的种种独特想象，然后用自制的五彩毛线，沿草图或钩或挑或刺或缝，精心绣制而成。

绣花毡则要更复杂一些。除了在薄毛毡上用钩针和彩线按绘制好的图案直接刺绣外，还常用各色布头剪出刺绣者所喜爱的花纹，然后以彩色粗线镶边，缝绣在素色毛毡之上；或把擀好的毛毡，剪成各种纹饰，然后染色、缝绣拼接、缀连成片。

在好客的哈萨克族人家中，尊贵的客人坐的坐垫，不仅要绣得精美，而且絮着松软的羊毛，既美观又舒适。

哈萨克族的刺绣色彩艳丽、对比强烈、构图严谨、纹样繁复。好的绣品颇费工夫，一幅两平方米左右的壁挂，一人绣制，需要一年才能完成。

乔勒帕西家里摆的最多的就是刺绣了，被褥、帷帐、饰巾、枕套、罩单、窗帘、坐垫、花毡、服饰，只要是人眼睛能够看到的地方就一定有装饰。

在草原上，没有不会刺绣的哈萨克族姑娘。当爱情的鲜花绽放在如歌的原野，哈萨克族姑娘就开始用心绣制自己的嫁妆。一样又一样，每一件都绣满了她对幸福生活的向往。

哈萨克姑娘出嫁前都要自己动手绣花毡，而且是必不可少的陪嫁品；贤惠的妻子还要给丈夫坐骑鞍鞯绣上各种各样的花色图案。

如今，哈萨克族刺绣在借鉴其他民族刺绣的基础上，技法更加多样，图案更为精致、取材也更丰富，不仅有传统的手工绣，还有快捷省力的缝纫机绣;除了用毛线、丝线绣外，以串珠、金银线装饰的珠光宝气的绣品，也颇受年轻人欢迎。

我问乔勒帕西，如果挣了大钱，最想干什么，乔勒帕西说，有了钱，就招上三四十个人，开一家绣品加工厂。

很羡慕乔勒帕西有着如此的美梦，她乐此不疲地沿用相传了近千年的古老传统方法，再现生命的原色。

她用一双巧手像变魔术似的将一块块普通的布、一块毫不起眼的毡片变成了精致的工艺品。她赋予了这些东西新的生命。

而她的孩子们，从降生的那一刻起便伴随着刺绣。每日的耳濡目染使她们对刺绣工艺有着天然的兴趣，刺绣的传统手艺就在不知不觉中延续着。

看着那些精美的绣品，不禁感叹，哈萨克民族真是一个极富想象力的民族。

透过乔勒帕西的绣品，透过那些五彩缤纷的图案，我眼前仿佛隐隐走来一个美丽的女子，她全身上下环佩叮当，她的衣裙，袖口和头巾，处处都有刻意绣织的精美图案。在她摇曳的身姿里，人间的童话冉冉升起。

如今，那浑身有着精美图案的女子已经在时光中淡远了。

对于那些手工艺品，无论人们用怎样的姿态遗忘，它总是在某一个地方根植着一种朴拙与古壮，默默地映衬着这个世界的奢华。而这些哈萨克女子的梦境，依旧是开在岁月里的永恒的花。

一只羊的一生

特克斯之所以有着神话般的口碑，完全得益于她得天独厚的大草原，这里四面环山、冬暖夏凉，是典型的北温带大陆性气候，由于这里的草质优良，营养价值高，所以春天生的羊羔到了秋天就可以养得肥肥壮壮。羊儿长大了，便是草原上喜气洋洋的时节了。

特克斯草原辽阔舒展，沿河、沿湖的湿地上牧草非常茂盛，是最好的夏牧场，特克斯人经常自豪地称：特克斯的羊走的是黄金道，吃的是中草药，喝的是矿泉水……

只要是有草原的地方，一群一群憨态可掬的羊便像珍珠一样洒满在绿色的绸缎之上。在特克斯草原上，做一只羊是很幸福的。走着、卧着，眼睛能够触及的地方都会有它爱吃的青草。

一只羊的心思应该是天天能啃得到一坡青草。

一只羊在山坡上吃草就像一片白云在山坡上飘，跟一只羊待久了你会发现，它除了不会说话，其实它心里什么都懂。

羊真的很聪明，你要是见过一只羊站在山坡上凝视夕阳的眼神儿你就明白了。

一直以来，我都不敢和猫啊狗啊的太过亲近，可我天生的就没有恐惧过它们——草原上的羊。

每当看到鲜嫩的草儿像一湖碧水荡漾开来，我就会替羊儿高兴起来，我还会不由自主地想，如果此时此刻能做一只在草地上吃草的羊，该有多好！

特克斯草原上的羊一定是世上最幸福最美丽的羊了。吃过这样绿这样嫩的草，羊的皮毛中就隐约透出草的翠色，散发出草的香气。

快乐的时候，羊会伏下身来，伸开四肢，在草叶儿上打起滚儿。草地被搅动起来，闪耀着白灿灿的光。这是一只用青草为身体和灵魂洗澡的羊呵。

看到我们这些笨拙的，颜色灰暗，正在行走的人。也许，有一只羊还会不动声色地甩甩尾巴，无所谓地冷笑一声：瞧，这群可笑的人，成天忙忙碌碌，都在干些什么呢。不过是为了变着花样儿地吃喝，穿衣，玩乐罢了。羊从来不用操心这些，一片洁净鲜嫩的青草就是它最美味的食物，羊看不上人。

一只幸福的羊只需要一片草地就足够了嘛。

而贪婪的人类，正在觊觎着这只幸福的羊！这只全身散发着青草香味儿、仿佛从天下掉下来的羊。馋嘴的人看到毛皮下面那被青草熏过的又鲜又嫩的羊肉，爱美的人，贪恋那张比云还白比炭火还暖的羊皮。

一只羊终被杀戮，但它依然要比人更幸福一些。

自从看过女作家叶尔克西的散文集《永生羊》后，每当再见到那待宰的羔羊时，我便会想起文章中哈萨克人每宰一只羊时会说的两句话：“你生不为罪过，我生不为挨饿，原谅我们！”

是的，一只羊被宰杀了，另外一些羊又会来临，它们的生命在时空中循环往复，永无休止。被人宰杀吃掉，只不过是生命往复的一种方式，人活着，就会有很多羊为我们而死，羊生不为罪过，人生不为挨饿，世上的事，的确就这么简单。

一生的幸福是幸福，一时的幸福也是幸福。

假如人们都能够看一眼那草原上自由自在的羊，心里的欲望是否会少一点呢。

我的桃花源

牛羊满山坡
绿草碧如织
又是一年好时光
姹紫嫣红香
甘醪彩蝶共芬芳
鲜花笑靥醉夕阳
有人情处即故乡
梦深夜未央

一座历史文化名城，一个浪漫之都。

神奇的八卦城，美丽的大草原、汉家公主的夏都……在这里驻留的理由实在是太多了，而她吸引我的，已不是简单的美景。

虽然，我没有在那里生活过，可那片土地上睡着我的舅舅。

他离开时才 20 岁出头，连爱情都不知道是什么滋味就匆匆走了。所以，很小的时候我就记住了这个地方——特克斯。

童年时，我眼中的特克斯是一个好大的苹果园，而今，她是我梦中的花园，也许这一生我会邂逅很多美丽的花园，可是，有亲人的花园是永远不会被忘记的。

一个城市的特点，可以从浪漫的角度去了解，可每当我面对特克斯时，更多的是对生命的了悟。

作家卢岚说 :“面对着一个选择太多，欲望太多，物质太多的自由世界，一切都不容易。约束惯了，自由就不容易 ; 沉默惯了，说话就不容易 ; 严肃惯了，笑脸就不容易 ; 重压惯了，轻松就不容易。”特克斯又怎么能承受得了那份轻?

在特克斯的日子里，我渐渐感觉到，对特克斯人而言，生活的目的并非囤积钱，而是工作和享受生活两不误。

我最珍爱的莫过于特克斯的一方蓝天，毫无瑕疵遮掩的，还有那耀眼的阳光。

那蓝得如同宝石般的天空，让整个世界的色彩鲜明起来，

我喜欢这样的色彩，在这样纯净的蓝天下的色彩，让我忘记了蒙着尘埃的其他城市，专心地爱着。

我真心笑着对待每一朵花，每一个给我笑容的人，每一个真心喜欢我爱我的人。

很多城市因为工业、人口等众多原因，变成了水墨画，而我的“她”热情地敞开了胸怀，想要看颜色吗？各种各样宝石般纯粹的色彩，蓝的天，白的云，金色的阳光，璀璨的油菜花田一望无垠，随风摇曳的向日葵开到天际，麦苗织成碧绿的地毯，而芨芨草更是铺满草原……

我喜欢这样的色彩，在这样纯净的蓝天下的色彩，让我忘记了蒙着尘埃的其他城市，专心地爱着。

我真心笑着对待每一朵花，每一个给我笑容的人，每一个真心喜欢我爱我的人。

我的开心是因为，特克斯让我感觉整个世界都是那样的灿烂。

在这里，我更愿意相信，阳光的绽放是因为我的笑容。

可能，这些都不是真的，但是，我从一些人的眼中，看到艰苦的磨难后不泯的笑容。

我将自己融进这灿烂中，融进那如画的风景中，我是如此欣赏在这片土地上悠然生活着的人们。

特克斯可以说是新疆这个都市中的一个草木繁茂、曲径通幽的花园。

双脚踏上这个小城时，时光仿佛停留在了一个古老的世纪，远离尘世喧嚣，不赶路，不上班，不接电话，不会朋友，不上网，想什么时候起床就什么时候起床，无聊的时候在周边转转仿佛是在给自己充电，这才是一种绝好的放松。

想着那人来人往的都市，再看看这里，禁不住偷着乐。

这里山清水秀，鸡鸣桑树之巅，犬吠巷陌之中。上了年纪的人们用阴历纪年，或务农或经商，他们没有现代科技的搅扰，日出而作，日落而息。他们衣冠简朴，讲信修睦，街头随便一个人都能给你讲一番《易经》，说说64卦。

这是一个和谐、安宁，远离激烈竞争和高科技破坏的地方，但又充溢着原发的人生意义和精彩，大多数人过得自在而幸福。

在特克斯的我不是“游客”，而是个闲散的“懒客”。在宽阔蜿蜒的特克斯河听几天水声，在草原上躺在花海中，大部分的日子就是在这野花丛中，一米一米地丈量阳光的长度……

听听这首蒙古族厄鲁特古歌吧：

名叫特克斯的地方

是多么平的地方呵

你生在那里的家乡

是多么好的家乡呵

在山的上边耸起的

是多么远的顶峰呵

在人的心里藏着的

是多么美的希望呵

……

我醉了，你呢？

陌上花开香满谷

怎么形容吐尔根的杏花呢，美丽、震撼、浪漫？我觉得，这些词都配不上它，我只想说，如果你看过吐尔根的杏花，那么任何一处的杏花你都不必看了。

4 月的吐尔根，杏花那铺天盖地的气势，带给我们的不仅仅是一场视觉的冲击，还有独特的风情。我们需要做的就是屏住呼吸，欣赏。

杏花是一种耐寒却不耐热的落叶果树，它原产于中国的北方。所谓“南梅北杏”，意思是：南方多梅花，北方多杏花。虽然梅花花期在冬季，杏花在春天里开花，但是北方的冬季是白皑皑的冰封世界，可见杏树的耐寒能力比梅树强。

杏花，属被子植物门，花形与桃花和梅花相仿。含苞待放时，朵朵艳红，随着花瓣的伸展，色彩由浓渐渐转淡，到凋谢时就成雪白一片。盛开的杏花，艳态娇姿，繁花丽色，胭脂万点，占尽春风。真正是“无以破妖娆”。

“道白非真白，言红不若红。请君红白外，别眼看天工。”这是宋代诗人杨万里的咏杏五绝，可见杏花花色的美妙变化。相传，中国古时的杏花还有多色的，《西京杂记》中记叙道：“东海都尉于台，献杏一株，花杂五色，六出，云仙人所食。”《述异记》一书中也谈到，天台山有五色的杏花，六瓣，叫仙人杏，核内双仁。

在北方，杏花比梨花、桃花开得都早，吹面不寒杨柳风，杏花无疑是最早向我们传达春意的使者。

4 月初，新疆大多地方还是春寒料峭，山上的白雪还没有完全融化，吐尔根的山谷已被春风吹软。只要气温稍微高一点，雨水稍微多一点，漫山遍野的杏花就会开放。空气里弥漫着嗅也嗅不完的花香，一年中，吐尔根最生动最灿烂的日子，到了。

早春的吐尔根，处处春意盎然，步步暗香袭人，时时美意盈怀。雪山下，忽如一夜春风来，千树万树杏花开。这是新疆独有的景色，让伊犁韵味十足。这里花团锦簇，香气氤氲，晒着暖阳，闻着花香，看那杏花摇曳柔媚，一颗心都能融化，我最不愿意错过的，便是拥抱这慵懒的春日好时光。

吐尔根位于新疆伊犁哈萨克自治州新源县吐尔根乡，春夏秋冬，景色各异。如一北方佳人，春天的吐尔根，便是佳人的二八年华。无论是乘飞机坐火车还是自驾游，看杏花先要到伊犁，吐尔根距伊宁市205公里，新源县32公里，吐尔根乡2公里，离218国道不远。这是一片中世纪遗留的最大的原始野杏林，集中分布于巩乃斯河北岸，占地有3万多亩，当地人称这里为：杏花沟。

杏花沟得益于伊犁盆地湿润气候的影响，加上有来自天山充沛的冰川融水的滋润，杏花沟上万亩原始杏花树，几百年来，野生生长，生生不息。

遇到春季气温回升较快时杏花会提前开放，最早会提前到3月底4月初。杏花的开放到花谢大概只有两周时间。

约好去吐尔根之前，伊犁的同学已经联系了新源的同学。新源的土著人员当即要求我们一行先到新源县，住一晚。第二天一早上山，说是一早一晚的日出和夕阳是最不能辜负的美景。于是，在早春柔曼的轻纱中，寻着淡淡的花香，一行人朝新源县进发。早晨，在生态酒店的鸟鸣声中醒来，说实话，这酒店便如一处公园，但那小面积的花呀树呀最多是让我们的眼神抚摸一下，留不住我们的脚步。美美地喝了一顿奶茶，便驱车前往吐尔根了。自吐尔根乡沿 218 国道向北 2 公里，有一处养牛场，这儿就是杏花沟的沟口了。

进入 4 月的杏花沟，如同走进一座亿万花朵的隧道，开花的野山杏树一身雪白或粉红，百余里山坡成了花的世界，蜂蝶飞舞，掩映花间，牧人骑马，羊卧溪边，狗吠毡房前，牛羊嗅着花香，闲步于茵草地，花繁似锦。

虽然是乍暖还寒，初春的吐尔根早已青翠满山。空气中泥土的清香与花香，使所有初到之人都禁不住要大吸一阵如此纯净清新的空气。

一路上山，花开成海，粉红缀枝，香风漫漫，灿若云霞，置身其中，恍入仙境。我们的眼睛都不够用了，总有掉队的，不是流连于花树前，便是蹲趴在晒着太阳闻着花香的羊群前，走走停停，有牧人一路远随着，走不动路的男同学招手，与牧人谈好价钱骑马上山。引得大家一阵嘲笑。这么美的景色，骑马游览，真是“勺子”。

杏花沟的野生杏林，错落有致地分布在多个不同高度、不同走向的山坡上，不但与间隔其中的野生混交林形成色彩对比，同时构造出明显的垂直落差，几乎从任何一个角度看上去，都是一幅极美的画面。正如宋代诗人梅尧臣诗中描写的那般：“不待春风遍，烟林独早开。浅红欺醉粉，肯信有将梅。”

同学中有专业摄影的，拍照讲究。赏花时不忘普及摄影知识。杏花沟坐北朝南，呈鹿角状，所以在日出后一到两个小时及日落前一个小时可以形成较佳的层次效果，此时是最佳摄影时机。对于如我这样的菜鸟而言，最多是依山形地势及阳光角度，拍怒放的花或缤纷的山谷，绝美的照片就留给那些把帐篷都扎在山间，在相对固定的山脊位置拍照的大咖们吧。

爬到半山腰，瞅见一顶毡房，5 个人交换一下眼神，嘿嘿，提前午饭吧。刚走到杏树下，主人便迎了出来，同学问，有吃的吗？对方连答，有呢有呢，奶茶有呢，馕有呢，奶油酥油都有呢。5 个人盘腿坐定，主人刚要关上毡房的小门，我们一起摇头，别关门，看着满谷的杏花喝奶茶那是啥感觉，不能关。我把馕掰开，在奶油碗里一转，往嘴里一送，再喝一口热腾腾的奶茶，天呀，花的香、食物的香一股脑儿在嘴里弥漫开来，美极了！大家吃饱喝足，问价钱，说一人 10 元钱。想起许多不要脸的景点定的不要脸的价钱，我都不忍心了，问主人，煮一锅肉再加一锅汤饭收多少钱，哈萨克族汉子看了一眼收拾饭碗的妻子，像鼓了勇气般地说，一个人20元。我们对望一下，心里一番感慨。临走，一同学出主意，以后再有人问你吗，煮肉80元钱一个人。汉子连连摇头，不行不行。

由于多年的少为人知，杏花沟和附近的牧民过着与世无争、宁静祥和的日子。每到杏花漫山遍野盛开时，杏花沟一如陶渊明描述的世界："夹岸数百步，中无杂树，芳草鲜美，落英缤纷。"

告别这家牧人，告别他家的羊呀狗呀，继续上山。

眼见灿若云霞的杏花，构成一幅天然大花园的瑰丽画卷。女人们按捺不住，开始变换衣服的色彩，一会儿在山坡上跳跃，一会儿偎依在花丛中，各种疯拍。

男同学受不了，咕哝着，让开点嘛，拍风景呢么。

越往高处走，视野愈开阔，可以看到周围的山岭和脊线。山坡在初绿的背景下，被鲜嫩的、淡淡的粉色所渲染，既有大气磅礴的场面，又有形单影只的妩媚，杏花给山谷带来了一个最热闹的不甘寂寞的春色。更远处，粉嫩的杏花，在气势磅礴的雪山怀抱中无限柔媚。就像所有的西部风光与内地风光相比较最显著的差别一样，是大气与秀气的根本区别。就算是一个普通的风景，画面中只有一棵树，但是远方高耸入云的雪峰一定会给人博大的感觉。

在这个春天，在吐尔根的杏花沟，我只是个匆匆过客。如果你是个痴迷风光的摄影者，我想，在这里，尽情地按下快门，一定是世上最幸福的事了。

说笑间，一行人并肩站立在迎风的谷顶。眺望云天，忽然有了大声嚎叫的念头，我刚嚎出第一声，四下里就叫声一片了。

在山脊上观景赏花，再下到沟底，然后走到对面山梁，看峰峦翠绿，看山花烂漫，与雪山相辉映，看绿茸茸的草，粉嘟嘟的花，白皑皑的雪，蓝莹莹的天，美丽地组合着。仿佛悬挂于宏阔天地间的一幅巨大油画，令人陶醉不已。

河谷两边的山坡上是连绵不断的草地，绿色的草地上撒着珍珠般的羊群，然后便是上万株不知何时便已落地生根在此的野杏树。山坡上粉色的花朵如云层般覆盖，只偶尔露出一些哈萨克族的毡房。这可真是“登高骋目忽长啸，气象万千到身边”。

下到一面缓坡，密集的杏树周围铺满了花瓣，正是逆光的方向，大家各自寻得一处空地，躺在了那一地花瓣中美美享受。头顶上，山风吹过，所有的枝头都在颤动，无数花瓣随着舒缓的山风漫天飞舞，像一只只蝴蝶在飘，不经意就能扑面而来，让人满头满身都是，好似沐浴花瓣雨一般。此刻，风吹花曳，岁月静好。多想留住这馨香，一手托着人间烟火，一手携着诗意浪漫，行走在红尘阡陌，心魂共融。

一阵清风拂过不觉面寒，却觉身体里凛冽穿行的山风，应和着无法言说的心迹。春天以后的花事太多，一轮接一轮，灿若星辰的花儿会让人目不暇接，不知多年以后，我是否还会忆及这一幕杏花雨盛开的场景？

穿行在密密的杏树林里，一路下到沟底，再慢慢爬到对面的坡上，寻一棵花最多的杏树，坐在树下静静发呆，古人以杏象征幸福。因为杏与“幸”谐音，表示“有幸”，那么，春天里赏杏花，秋日会收获“有幸”吗？正在胡思乱想间，同学们已经在草甸上开始了下午茶。馕、榨菜、水果、点心，铺了满满一地，居然还有老窖和格瓦斯，若再配上柔美的靡靡之音，才是花雨下午茶的标配吧。一杯格瓦斯甚至一块馕都挟带着花香，仿佛从来没有吃过的美食，所有人吃完饭都像喝了场好酒般，微醺着。

打包好垃圾沿着一路花径慢悠悠往回晃，这样慢慢地走，慢慢地快乐，有多好。不赶路，不赶时间，太阳落得慢，脸上的皱纹也来得慢。

快到谷底，一片云盖在了头顶，大家还在商量继续慢慢荡悠还是加快步伐时，倾盆大雨不带丝毫商量地扑面而下，我们狂叫着奔向谷底。

上车时再回头，杏花沟已经开始落花，就像刚下了一场雪，树上，地上，田里，小溪里，到处都是随风飘落的花瓣。有多么美丽的怒放，就需承受多么忧伤的凋零。

很庆幸，我们赶在这场雨之前来到了杏花沟。

春天旅行的意义，在于体验寒冷冬季大地沉寂过后的万物复苏，在于体验花花世界的五彩斑斓，在于体验大自然的生机勃勃。

四月春光好，行走江湖忙；花间一壶酒，灵肉同酣畅。一颗清新明亮的心比什么都重要，就像一枝花、一壶酒那么简单。

每一天，都是生命赐给我们的礼物，在感官和视觉双倍冲击下的吐尔根杏花沟，也许就是我们生命中不可多得的盛宴，那么浪漫和纯粹的去处。虽然道路漫长，有欢喜可抵达，多好。

早春时节，奔着欢喜去吐尔根吧。

伴君踏歌醉昭苏

油菜花开似锦绣，伴君踏歌醉昭苏。

油菜花，不名贵、不娇艳，却有着尊贵的色彩和旺盛的生命力。昭苏是新疆最大的油菜产区，每年种植面积 90 万至 110 万亩，被誉为“中国油菜之乡”。

夏季是昭苏最丰润最曼妙的季节。生在伊犁的我，对昭苏一点也不陌生。她的山、她的水、她的天马、她的草原常常萦绕在我的梦中。尤其是那一片片铺到天际的油菜花海。

“凌寒冒雪几经霜，一沐春风万顷黄。映带斜阳金满眼，英残骨碎籽犹香。”

女子几乎没有不爱花的，人间处处百媚千红，春夏秋冬每一种花都有自己的风韵和气质，油菜花也不是新疆独有，江南亦有，开在春天。

但是，只有昭苏的油菜花能开出惊心动魄的气势。那蓬蓬勃勃的姿态，那接地连天的气派，那背靠雪山的阵势，只有在世外桃源般的昭苏能够看到。油菜花，是昭苏一抹醉人的色彩。

昭苏高原凉爽的气候和充分的日照尤其适合春播油菜的种植生长，加上昭苏高原无霜期只有100多天，而油菜是一种喜凉耐寒的作物，发芽、出苗的适宜温度为10到15摄氏度之间，幼苗便能抵御零下10摄氏度的低温。如此看来，昭苏和油菜花就像一对佳偶，真正是天作之合。

7月的昭苏是油菜抽薹开花的时节，于是乎，夏季的昭苏便弥漫在花香中。

那一朵一朵，黄黄的，羞涩的花瓣在风中抖动着，露出一抹淡淡的温柔；带着花蕾的须茎向外伸展着，像黄色的烟花，永远定格在清新的空气里；纤细的身段里，绿中吐黄，黄中隐绿，柔柔地编织一种清纯之美。花海里，彩蝶展示斑斓的翅膀，飞出来又钻进去，反反复复，深情依依。“化蝶去寻花，夜夜栖芳草。”

昭苏没有商业喧嚣的侵扰，没有人为装饰的自然景观，那奇特的人文风情深深地吸引着我。我甚至期望，来这里的人少些，再少些，多少年后，当我重来昭苏的时候，她仍然像现在这样，素面清颜地等着我。

走在花海边，耳朵听着清风与花儿的絮语，呼吸着镶着金边的空气，从烦恼到菩提的开关，便是此刻了。

在恋恋不舍中，我穿过花丛，看过相似的美丽，想过来时的激动……你看这一切，多像尘世的一生，在千百回的轮回中花开花落。

在昭苏生活也容易也难。说容易是要有一颗波澜不惊的心，难的是你可能放不下远方的热闹。

每去一趟昭苏，圣佑庙似乎都是标配，一年一年老去的我，认真地打量不老的圣佑庙和低头不语的僧人，他们的眼神清澈祥和。这一切，应该来自岁月的清纯和灵魂深处的梵音。

蓝天白云下，成群的牛羊悠闲地啃着草，牧羊的哈萨克族少女有着健康的褐色皮肤，她们的眼神有几分傲气，有几分漠然，到这里游玩的男人们此刻是否愿意做一只小羊依在牧羊女的身旁，任她手中的皮鞭不断轻轻打在身上？

都说去昭苏要带三件宝：雨衣雨鞋皮大衣。还真是这样，在草原上，抬头还是艳阳满天，低头已是大雨滂沱。还没等你找到雨具，一道道彩虹出现，奇迹般的，雨停了。

一场雨，会让我欢喜地“沐浴”其中，其他游人狂奔进帐篷。而我觉得惬意极了，这时候的草原漫步就变成了踩着云朵的飘荡。

沾了水的灵气，草儿们愈发丰盈，花儿愈发娇艳，如此一个可以忘却烦忧和风尘诱惑的地方，淋几滴雨，怕什么呢?

我不怕任何自然的东西，我最怕的是人。

真是不愿意用美丽、干净等词汇来形容如画如诗的昭苏，可我想不出更合适的词来描绘她。只记得这样一幅画面：我坐在金色花海中，看那如黛青山，看遍野花梢弄影，眉间、心房，丝丝缕缕都是感动。

真想抽一丝晚霞紫绮为我绾起长发，真觉得这世界仿佛唯我独有，愿化这一瞬为永恒了。

停匀了呼吸，试问蓬莱何方?

还等什么，趁人未老、花未谢，打马奔昭苏吧!

第三辑

西域风情

八千里路云和月

杨柳青丝系客舟

我出生在新疆伊犁。那里被称为塞外江南、花城、阿力麻里（苹果城），那里有一条著名的街道——汉人街。汉人街是伊犁最有特色，也是最热闹的巴扎。因曾是天津杨柳青商人最多的居住区而得名。而今却被不知情的游客誉为伊犁三大怪之一：汉人街上没汉人。其实，汉人街还有最后一户汉族人，我的小伯伯李世勇一家。

我从小最熟悉的地方就是汉人街，上学时，总是很羡慕一到寒暑假便能跟着父母亲回老家的孩子。为什么我没有老家呢？虽然从小到大，籍贯一栏中填的都是天津，可是，一个从来没有去过、没有亲人的地方算是老家吗？

我们这个家族的根扎在哪里呢？

在新疆出生，在新疆成长，在新疆生活，但我至今没有完全读懂她。对这片土地的情感是烙在骨子里的，没有任何语言能表述清楚。而同时，那个被称为老家、祖籍的地方，那个叫杨柳青的地方，用一种神奇的力量牵引着我，犹如风筝线的一端，轻轻一拽，呼啦啦铁马冰河般，串起了家国、血脉及我们整个家族的主脉——左宗棠、收复新疆、津帮、赶大营、大十字、汉人街……这些词如一幅长卷，使我透过漫漫历史的蒙蒙烟雨，看到了祖辈们肩挑小篓跟随清军收复新疆的身影。

爷爷的祖父是随左宗棠收复新疆的大军步行进疆的。同治六年（1867 年），匪首阿古柏在新疆自封为王，宣布脱离清廷。俄国趁机占据了伊犁。危难之际，年过花甲的左宗棠领命钦差大臣，于光绪元年（1875 年）率清军西征，一举击溃盘踞新疆多年的阿古柏，收复了新疆，继而配合朝廷在莫斯科的外交斗争，从沙皇统治下夺回了伊犁主权。在此期间，清廷因为数万大军的后勤补给深感忧虑。被贫困生活逼迫的杨柳青人肩挑货郎担，跟随左宗棠的进疆大军开始了史无前例的艰难历程。

这些杨柳青人因经常追随部队大营不断迁移，且处于西北边陲，因此被称为“赶西大营”，简称“赶大营”。

不提那153站用脚板量过来的路程，不提那些枪林弹雨，也不提那吃过的千辛万苦，重要的是，爷爷的祖父在1884年新疆建省后，还活着。1900年，津帮已是“三千货郎满天山”。高祖父把合家男丁全部召进了新疆。爷爷的父亲，我的曾祖父落脚绥定县（今霍城），先是在饭馆帮厨，专门擀饺子皮。那个年代擀饺子皮可是技术活，两根枣木小棍不仅要敲出繁杂的声点以招揽顾客，还要利索地擀出中间厚四边薄的饺子皮。高祖父则做了一手漂亮的木工活，名气渐长后，便承揽了南岔子娘娘庙对面赌房的“乌木牌”制作。那乌木牌长10厘米，宽2厘米，一面雕有梅花雕饰，一面刻有“吉庆有余”四个字。是当时赌房用作赌资的唯一信物。

生活安定后，高祖父派儿子回杨柳青，把留守在老家的女眷们接到新疆。女眷们的新疆之行比起曾祖父那可是天上地下了，她们一行是转道张家口乘沙俄远东火车进疆的。1918年，高祖父因病去世，这个尝尽人世辛酸的汉子，没有看到10年以后，李家在伊宁街头竖起了自家的“久昌号”。

爷爷是李氏“俊”字辈，名为李俊树。9岁入私塾，当时“久昌号”生意兴隆。曾祖母常常将街头流浪的孤儿领回家，如同自己孙儿一样抚养长大的有 4 人，其中 1 人考上了大学。她还将大杂院里无事可做的 8 个年轻人召集起来，除管吃穿住之外，还找了师傅教他们做鞋的手艺。生意逐渐兴旺，曾祖母又在公庆和烧房后面租赁了一套住宅作为鞋铺。爷爷中学毕业后，由父母做主，与同乡侯家结成换亲。爷爷与侯家二女儿完婚，侯家长子则与爷爷的小妹结为连理。换亲一般都是家境相当的人家，其实就是“肥水不流外人田”的意思。

奶奶初进门的几年中，日子过得很富庶。童年的大大（父亲的大哥）、二大大（父亲的二哥）冬天穿着翻毛大衣，戴着雪白的长护耳帽，出门乘马拉爬犁，去苏联侨协种牛痘。夏天穿进口毛料背带式短西裤，脚蹬小皮鞋。家中一日三餐很是丰盛，早上必有牛奶、大米稀饭。房间桌下摆放着一排苏联罐头，五颜六色的，掀开盖子各式点心随意挑选，有槽子糕、芙蓉糕、绿豆糕、苏联疙瘩白糖、铁盒酸糖等。

殷实的日子结束于 1944 年深秋。当时社会动荡，烧杀抢掠之事时有发生。不少百姓躲在家里，从门缝往外看街上的动静。一家人平时都到后滩的泉眼里挑水吃，那会儿只能趁黑夜开院门提小渠沟的水吃。面粉、大米靠回族朋友麻麻孜半夜偷偷送进院内。一个大院里藏了30余口老少外，还有街坊及收留的徒工，人数到了50多人，连鸡舍、狗窝、卷席、茅厕及屋顶夹板都成了藏身之所。白天，天津商会杨会长带领救援团到各家安抚和募捐，筹款目的是成立民间保安分所。曾祖母毫不犹豫地捐了两枚金戒指和一条和田地毯。听到惠远城的大哥李俊元全家蒙难、不少人家持节拒辱集体自焚的消息后，爷爷舍了商号，扔下所有的家产，举家逃命。

一家人乘坐一种叫“大道奇”的私人商车在寒冬腊月被逼远行。路况太差，日行仅几十公里。遇到过河时，由于冰层滑，还要将被褥铺在冰面上，待车过去大家再捆好行李上车继续前行。700公里的路程，一家人走了近1个月。逃到迪化（今乌鲁木齐）时，手头已相当拮据，只能租住在大杂院里，伙食也仅有棒子面了。

从一无所有到“久昌号”，几代人的努力和富裕的生活瞬间成了过眼烟云。爷爷重新干起“跑街”行当，每天与布匹、茶叶、银圆、买主、卖主打交道，奶奶白天操持家务，晚上缝缝补补。总是想法让孩子们先吃饱，自己饿着肚子，加上营养不良患上了肺痨。幸亏在旧相识的介绍下，爷爷在育才小学担任训导主任，家也从大杂院搬到了小学的院内。有了固定收入，日子安稳了许多。奶奶的心情好了，身体也恢复了。闲暇时，还兴致勃勃地带着孩子们去天山大厦看电影。父亲记得，什么《赵匡胤千里送京娘》《刁刘氏》《孽海花》《渔光曲》《马路天使》《十字街头》《秦香莲》《拷红》等都是奶奶那时候带他们看的。

新疆和平解放后，爷爷选在春暖花开之际带全家返回伊犁，在爷爷眼中，伊犁才是真正的家。他将“跑街”辛苦攒下的钱租了一所大院子。院里的作坊很大，招募了十几位鞋匠，添置了几台缝纫机。眼看着日子一天天好起来，开始减租反霸了，到“三反五反”时，小商小贩被集中在一起参加学习，爷爷也在其中。他敏感地意识到——生意不能做了。干脆远离是非，全家迁到了农村。半生坎坷的爷爷此时觉得只有土地是最踏实的。他用开皮鞋铺挣的辛苦钱在汉宾乡买了五百亩地后，一心一意当起了农民。只有出项没有进项，日子一天天困顿起来。积蓄没了，生活来源断了，爷爷只好申请工作。市文教局安排爷爷在伊宁市一小当了代课老师，可微薄的收入终是难以维持一家老小的生活。最重要的，是爷爷忘不了他的“久昌号”，于是辞职到特克斯县开了一家京货铺，专营白酒及杂货。他想再次从小做大。

前院算盘珠子噼里啪啦地响着，后院炕上白白胖胖的主妇在穿针引线,锅里蒸着暄腾腾的大白馒头……这是他曾经的“久昌号”，这是他梦里常常出现的场景。

1955 年 5 月，特克斯县文教科派人找到爷爷，请他出山筹办县立小学。爷爷走马上任后全身心投入其中，亲自选校址地皮八亩、房屋五间，调入教师两名，招收了两个班的学生，其中就有县委干部杜力志的长子杜均生。

这一年春节，家里买了一头牛，请人收拾好就挂在院内小木屋里，由奶奶卤肉、炖肉、炸丸子，忙得不亦乐乎。我的父亲和姑姑叔伯们也都穿上了新衣。日子红火了，爷爷便又将一家人迁回了伊宁市。

回去没多久，曾祖母去世。爷爷亲选棺木上漆 7 遍，并请人主持佛事，在大院内摆满桌椅茶具诵经开宴 3 日。出殡时，李氏族亲 30 余口披麻戴孝，长孙扬幡开道，其后是 16 人抬架的寿材、纸牛、童男玉女，大营客们分乘三辆马车随后，诵经奏乐班一路吹打，出殡队伍 100 多号人浩浩荡荡至八省颐园。

曾祖母的离去也造成了大家庭的分离。三兄弟分家后，爷爷到伊宁市第十四小学任教务主任。

曾祖母办丧事，奶奶最不能偷闲，本就没有除根的病体再也支撑不动了。为了给她一个舒适的养病环境，爷爷花 600 元买下了伊宁市四中对面的一处两亩地的庭院，与一片菜园子仅一墙之隔。这里树木葱茏、鸟语花香，爷爷希望，在这样一个温暖的家中，奶奶会舍不得走。

天不遂人愿，最困难的日子到来了。家家都吃不饱饭。奶奶教给管家的四伯伯一套治家方针：粮油肉糖开支是死数，酱盐调料开支有定数，布匹棉花开支有概数，其他开支全卡住。所有孩子一日三餐只半饱，家里有几块发糕、几个饼子，剩多少细粮、多少杂粮，油瓶子界面还有多高……四伯伯心里一本账。每顿饭奶奶都不吃，孩子们吃完后，剩下的汤汤水水她凑合了事。

眼看冬季来临，十几岁的父亲忍饥挨饿拉着人力车去煤矿拉煤。天寒地冻，腹空力弱的父亲往返 40 公里，硬是给家里拉了满满的一车煤。上小学的大姑姑一放学，就带着两岁的小姑姑拿个破盆站在巷口等各户牛群回家。只要一瞧见哪头牛撅尾巴，就赶快把盆接过去，牛粪便一点不浪费地到了盆里。端回院的牛粪掺些黄土和煤末，就可以拓成煤砖或煤球，冬天取暖再好不过了。

一家人苦苦挨日子，贤惠勤劳的奶奶挨不住了。年仅 40 岁便撒手而去。从 16 岁嫁到夫家，她便是家中最早起床，最晚睡觉的那个人，上有老下有小，柴米油盐酱醋茶都需精打细算，家里家外还得承受那过山车般的大起大落。老照片上的她，卷发披肩，黛眉大眼，修长的身材夏着旗袍、冬着双排扣呢子大衣，比得上那个时代上海滩的名媛。家道衰落，脱下旗袍，裹着粗布衣袄的她依然笑吟吟地唱着流行歌曲，做饭、做鞋、拉扯 7 个孩子，真的是上得厅堂入得厨房，她的天就是丈夫和孩子。

同她一样换亲到侯家的小姑子，爷爷的妹妹，我们的老姑奶奶，十几岁嫁到夫家，也是每天天不亮就起床给十几口人做早饭，同样起得比鸡早、睡得比狗晚。她却不甘心，想方设法参加扫盲班、识字班。夫家各种管制，没有用，只要打不死，她就要学习。最终，她如愿以偿进了银行当职员。只生了一个女孩后就坚决不生了，任何人都改变不了她的主意。她不在乎别人的眼光，要活到自己认为最好、最开心。70 岁的时候穿着连衣裙跳着华尔兹可以从舞场的一头跳到另一头。她不是那个年代的好媳妇，我奶奶是。她比我奶奶多活了 40 多年，无拘无束。奶奶博了个好名声，活在爷爷和孩子们心中。

曾经沧海难为水，爷爷一生再未娶妻。

“文革”时，有一天伊宁市四中的红卫兵闯进院里“破四旧”，在各屋翻腾了一遍走了。爷爷吓得吃不下饭，在屋里坐了整整一夜后，天蒙蒙亮时，他把埋在果树下的装有李氏族谱和汉宾乡 500 亩地契的陶罐挖了出来。那家谱是祖上传下来的，上面有近十代的祖宗讳号，还有一张挂图是精心装裱的，李氏族亲的排位井然有序，从上至下如金字塔般一目了然。那地契是伊宁市汉宾乡政府出具的凭证，上面盖有乡政府的大红方印。

爷爷久久地抚摸着族谱和地契，老泪纵横。他颤抖着划了一根又一根的火柴，父亲和叔伯们眼睁睁地看着爷爷将盖有汉宾乡政府大红方印的五百亩地契及李氏宗亲的族谱一股脑儿全烧了。

从那以后，爷爷一生再未提起过“久昌号”“地契”“族谱”这几个词。

2015 年，96 岁的爷爷在睡梦中走了，无病无灾，宁静安详。不收礼金、不许哭泣、子孙佩戴红花迎宾，爷爷的睿智几人能及？想必当年的那一烧，这世上再没有他放不下的东西了。因为是喜丧，根据风俗，爷爷的棺木是要盖红绸的，据说盖棺的红绸谁得了便会长寿。于是，长子过棺（过关）后，那块红绸子硬是被众人撕成条抢光。爷爷用过的寿碗不够分，堂弟专程去商场买了两纸箱瓷碗作为送宾客的寿碗，也被众亲友一抢

爷爷家的左邻右舍大多是维吾尔族人。而爷爷、伯伯及姑姑们全都能讲一口流利的维吾尔语。夜色里，总能听见他们和维吾尔族邻居欢快的笑声。

而光。所有人都想沾点爷爷的福寿。毕竟一个人要活得有尊严，死得有尊严，都不是那么容易的事。对疾病缠身者来说，岁月更像漫长的侮辱。

爷爷走了，一起带走的还有我们心中的那个汉人街。

永远忘不了汉人街上的那座庭院，那是我童年的乐园。那时的汉人街分为南岔子和北岔子，图书馆、电影院、饭店、天津糕点房、诊所药房、杂耍地儿、娘娘庙、学校……都在汉人街东南方的南岔子，北岔子基本上是津商住宅区。爷爷家偌大的院落里，四周是齐刷刷的白杨树，一条小渠从院中经过，水渠边上是几棵樱桃树。从小到大，我和弟妹及叔伯家的孩子们，熟悉各种水果，都是从爷爷家的庭院开始的。春天过了，爬杏树、摘桑葚。那又大又黑的桑葚常吃得我们满嘴乌紫，满手乌紫。然后，举着小手互相追逐、打闹。从5月份开始，樱桃、李子、桃子、海棠果就相继成熟了。夏天，坐在树下，冷不丁的就会有落下的果子砸在肩上。

爷爷家的左邻右舍大多是维吾尔族人。而爷爷、伯伯及姑姑们全都能讲一口流利的维吾尔语。夜色里，总能听见他们和维吾尔族邻居欢快的笑声。邻居们都很喜欢爷爷，谁家做饭缺个西红柿、大葱的，一敲门打个招呼就径自朝地里去摘了。而她们每回打馕，第一坑的热馕总也想着给爷爷送来尝尝。每到过年，从初一开始，陆陆续续的，大人、小巴郎都会来给爷爷拜年。

我最要好的伙伴叫穆妮娜，上小学时，看到她耳朵上挂的耳环，很羡慕，便也想扎耳洞。她给妈妈一说，阿姨竟然大方地告诉我，凡是想扎耳洞的同学都可以来。于是，我们十几个小女孩在她家院里排成一队，阿姨一只手拿着枚缝衣针，一只手拿着两粒黄豆，穆妮娜则拿着一团面疙瘩和几根棉绳给阿姨当助手。阿姨先拿黄豆夹住我的耳垂轻捻，一会儿，就没什么感觉了，还没缓过神儿呢，针已经穿过了，用一小团面疙瘩在棉绳上一粘，在耳洞旁擦点清油，便成了。不大的工夫，十几个人耳朵上都挂上了面疙瘩，大家摇头晃脑的好开心。

小时候，最喜欢去爷爷家，总是一进巷子，身后就簇拥了一帮小巴郎小克孜，一迭声地叫着我的乳名："叶子回来了、叶子回来了。"他们总是把燕子喊成叶子，他们一叫，我就欢快地答应，就当自己叫叶子。

爷爷辈上三兄弟，各自有七个儿女，爷爷是五儿两女。过年时，一大家子人聚齐，妯娌间比的是日子的殷实和孩子的学习、教养。那时候，我们敢让父母一时不痛快，他们就能让我们一年不痛快。你什么时候犯了错挨骂时，都会从年三十这一天的账算起。

在爷爷面前，饭粒馕渣都是要吃干净的，不小心掉地下了，立刻要捡起来。孙子辈都相信爷爷说的——踩了食物的人眼睛会瞎掉。

都说人不可貌相。爷爷却告诉我们说，“人是可以貌相的。家教看站姿，品位看衣服，德行怎么样，一起吃一顿饭就知道了。”

大年三十的年夜饭，虽是孩子们坐一桌，却也只能眼睁睁看着一桌的饭菜，只敢夹自己面前的菜吃，如果你胆敢越过面前的饭菜去夹“别人门口”的菜，一定会有人及时报告爷爷。一桌大人惊讶的眼神会从孩子身上转移到他母亲身上，那滋味不亚于一片小刀子飞过来。

而且所有孩子都要切记，不能说不吉利的话，什么病了、死了、走了、拿煤去，通通是忌讳。

物以稀为贵，爷爷的孙子多，所以除了对长孙有些偏爱外，对其他孙子孙女都是比较严厉的。

为了讨爷爷一句表扬的话，我们都使劲表现。比如一早起来掏炉灰，然后去煤房子砸好煤块架火，给大人热好洗脸水。

再比如扫地、扫院子、择菜，只要是大人一拿什么，你就去抢着做，而且还要做好，这就会被赞一句："这孩子有眼力见儿。"被夸得多的孩子在一堆堂姐妹中就有了威信。

最悲催的是有一年，比锅台高一点儿的我看见爷爷在炒豆沙馅，就冲上去夺下锅铲，那一锅糨糊样的红豆沙不断地冒着泡往手上溅，必须快速搅动，泡泡才不会跳那么高，一锅豆沙要炒到不粘锅就可以了，因为那次表现好，爷爷说，以后这活儿可以给我干了。打那以后，我上瘾似的爱吃红豆沙。

小学四年级的春节，妈妈给我买了双时兴的旅游鞋，谁知一进院子大门，爷爷就掉了脸子，毫不客气地对我说："大过年的，穿一双孝鞋，还不快换掉。"从那以后，我再不敢穿白鞋子出现在爷爷面前。如今，哪怕是一条擦头的白毛巾，我都要用红丝线在上面缝个小花才用。

从小，我们用完的作业本是不敢随便乱扔的，哪个孙子扔一张废纸都会挨一顿笤帚疙瘩。打完了，爷爷讲个故事教育我们：早年，汉人街东头有个道观，那破败道观里的老道经常在街头巷尾用一根长铁丝钩地上所有的纸片，再拿回道观烧掉。老道总说：祖宗文字不能被人践踏。

尽管爷爷不在了，但他留下来的这些规矩已然成为我们的生活习惯——馕要小块小块掰着吃，馕渣饭粒绝不敢踩在脚下，吃饭不能发出声响，正月里不买鞋子……

如今，汉人街仍是伊犁最具特色最热闹的巴扎，以“津帮八大家”为代表的大十字也依然是乌鲁木齐的繁华地，曾经的“百艺进疆”，曾经的杨柳青味道就像雨水渗入沙土一样，表面上它们是消失了，实际上它在土壤里存留着，并且为生生不息的血脉输送着营养。

我这个“大营客”的后代，我这个吃馕喝奶茶才会露出灿烂笑容的杨柳青人，离我的祖籍、离杨柳青已经太远太远了，因为我的身上烙上了一生也忘不掉的新疆味道。

白山黑水魂梦牵

我没有见过姥爷。我对他的全部印象，除了母亲珍藏的一张老照片外，就是 1957 年兰州市委组织部的一份“历史结论材料”。

材料是这样写的：王世衡原名应全、德忠，字雅臣。本人成分，旧官吏。

结论一栏中的最后一句是：“在任职过程中未发现对老百

姓的欺压行为。”

姥爷的一生起伏跌宕，与家国命运密切相连。

辽宁省凤城县，如今叫凤城市，那是姥爷的家乡，一个我从未去过却血脉相连的地方。

1931 年到 1932 年，姥爷是东北抗日义勇军十二团（骑兵）的中校副团长。1933 年，在与日军激战，孤军无援，弹尽粮绝后被迫泣别白山黑水退入苏联境内。转战一年多的姥爷至此放下了杀敌的武器，和其他将士一起被集中在伊尔库斯克和多木斯克等地，在异国他乡度过了一段艰苦生活。后经南京国民政府与苏联政府交涉，各部队分批绕道哈萨克斯坦由新疆塔城入境回国。

1938 年 4 月间，东北抗日联军部分指战员 500 多人到达新疆省会迪化。当时新疆边防督办兼主席盛世才，在第一次接见抗联团以上干部时，除了简单介绍新疆情况外，要求抗联战士在新疆参加建设抗战大后方的工作。姥爷按十二团的编建，任新疆公路局总务科长。紧接着任新疆省财政监察委员会委员。1941 年调任叶尔羌县（今莎车）任副县长，后因县长文津修学校损坏了少数民族礼拜寺被捕，遂代理正县长。之后陆续任过蒲犁县（今塔什库尔干）县长、喀什专署建设督导员等职，在此期间前往印度办理过中印通邮事宜。

新疆和平解放前夕，姥爷带着全家迁往兰州。左思右想的他以叶落归根为由不肯前往台湾，他的胞弟泣别兄长独自去了那个遥远的海岛。

姥爷接下来的简历有了些意思，1947 年以后的近 10 年间，他更名在兰州开杂货铺，还卖过肉，后转入兰州市食品公司任营业员。1957 年开始接受组织审查。

我的姥姥是满族，哪个旗已不得而知。她嫁给姥爷的时候，已是姥爷江河日下之时。母亲常说，姥爷的前妻是个有福之人，死在一个家最鼎盛的时候，不会受辱，死而瞑目。母亲记得姥姥琴棋书画皆通，可以看懂原版外文书，可她只教舅舅念书，对女儿的刺绣女红盯得很紧。母亲不服气，姥姥却说："女孩子认些字就可以了，书读多了，心就大了，又实现不了自己的梦想，反致一生痛苦。"

对母亲而言，姥爷是慈父，姥姥是严母。只要孩子在身边，他们绝口不谈往事、不让孩子知道家中的任何情况。姥爷不准母亲和舅舅说一句当地方言，不准母亲扎粉色蝴蝶结，他常说，大红才是最正的色。母亲说，每每看到别的干部家的女孩子扎着粉绸带，她那个羡慕啊。听到旁人称姥爷为王先生，心里就不舒服。大爷大伯听着多亲切啊！

在那个人人面如菜色的年代，姥爷不知用什么方法攒下一些肉，姥姥把肉炒了，用小坛子腌起来，擀了面条，用一勺肉酱给拌了，加些菜末，吃起来香极了。下一次，再把汤面条上浇一勺肉酱，便又换了一种吃法。可每次姥爷姥姥都不吃，心满意足地看着母亲和舅舅吃。母亲说，后来姥爷和姥姥人都饿肿了，可她以为是胖了。越是这样，姥爷越怕女儿儿子饿着，逼着他俩吃一大碗面条，母亲和舅舅吃不下，又怕惹姥爷生气，母亲就带着舅舅偷偷把面倒在院子里，用土埋上，然后谎称吃完了。

在那张泛黄的老照片上，英武的姥爷腰板挺直，目光炯炯。仰不愧天，俯不怍人。珠圆玉润的姥姥着旗袍立于旁边，眉目清秀婉约，像画上的人。坎坷世道，她倒不憷，是因为身旁有姥爷吗？

她陪着姥爷从新疆到兰州，给姥爷生下一双儿女。和姥爷一起接受审查，不管是挨斗挨批挨打，她都陪在姥爷身边，进家门前，她和姥爷都把脸洗得干干净净、头发梳整齐、衣服掸干净。组织上来人做工作，希望姥姥能够和历史“不清白”的丈夫划清界限。姥姥就像一团棉花，不言不语。让她写揭发材料，她落笔惊艳，历数姥爷半生经历，文笔朴实白描，哀而不伤，措辞卑微，婉转表达绝不放弃的心意。她温和的倔强惹恼了批斗的人，她受的罪便又比别人多了一分。

为了证明她的夫君是抗日英雄、对新疆的建设有过贡献，她想方设法联络了姥爷旧日部下，找了整整30人为姥爷写证明材料。证明姥爷没有欺压过百姓，没有血债。而这30人，在那样的环境下，居然都写了证明。

姥姥的死心塌地，最终让她付出了生命的代价。那些踩踏在姥姥身上的一只只脚，可曾知道，这个满脸血污、面目全非的女人，曾经落英缤纷香气馥郁，身着绮丽无比的丝绸、腕戴浮翠流蜜的玉石、有着受人尊敬的身份……

姥姥最重视的就是体面气度，既然在人前已没了体面，她就在孩子们面前硬撑着那一点点可怜的尊严。一直到死，都没有让儿女感受到一丝悲苦愁情。姥姥比姥爷年轻得多，却走在姥爷的前面。

姥姥去世后，一家人的境遇更加凄凉，姥爷带着母亲和舅舅住进了门卫室，年幼的母亲不明白，为什么家越搬越小。窄小的房间里挤着一张大床不说，还住着一个陌生人。名为同住，实为看守。

一天晚上，母亲听到姥爷躺在床上叫她，断断续续地说有话跟她说，母亲一裹被子，说，困死了，明天再说吧。第二天一早，9岁的母亲和4岁的舅舅一遍遍喊着饿，姥爷却躺着不理他们，母亲便和舅舅一人拽一条胳膊摇他，摇不醒。姐弟俩哭一会儿再摇一会儿，直到哭声引来了大人。他们被告知，你爸爸死了。

姥爷当年执意要落叶归根，却再也没能回到他的凤城，尸骨都不知道埋在何方。

“古来何物是经纶，一片青山了此身。”每每想起姥爷，眼前便会浮现出战场上曾经叱咤风云的英武汉子。

母亲和舅舅被送到孤儿院。她说那时孩子们最常玩的游戏是:如果有10个油饼子，要怎么吃掉才好。然后大家吵成一团，仿佛真的拥有了10个油饼子。3年自然灾害期间，兰州儿童福利院迁到了伊犁，冥冥中，母亲似乎和新疆有扯不断的因缘。

孤儿院的院长退休时告诉母亲：“当年，有台湾的亲戚找过你们姐弟俩，我们为了你们的政治前途，告诉来人说，两个孩子都在孤儿院得病死了。”

院长还告诉母亲：“你们家存的东西太厉害了，竟然有好几件貂皮大氅，你爸的金印，你妈的那些旗袍料子，我们这些老师今辈子都没见过。”

别是人间行路难

母亲总说，当年幸亏是被送进了孤儿院，而不是任何亲戚家。因为在孤儿院里，所有的孩子都是平等的，吃苦是一样的、挨饿是一样的、穿戴是一样的，没有谁高谁低一说。想要赢得老师的喜爱，首先要有良好的家教，如果还认字、还自尊，那是会受到老师宠爱的！母亲恰恰具备了这一切。书读得好，不断跳级，撇开那些寒苦饥饿不说，她在孤儿院里几乎是在老师的赞美和同学们的嫉妒中长大的。

母亲通常对他人会有天然无污染的信任。从小在孤儿院长大的她，还没有像舅舅那样包裹着谨言慎行和察言观色。她就像颗透明的玻璃球，谁都能看清楚。她认为这都是姥爷姥姥对孩子太过关爱所致。每每想起和弟弟一起把面条埋进土里的往事，她就泪如泉涌。她恨极了自己，同时也怨父母，为什么不稍稍自私一点，他们保全了自己，孩子们才会是个宝啊。

我舅舅少年时期在同父异母的大姐家生活。母亲的大姐，我童年时见过。跛着一条腿，花白的头发，枯井般的大眼睛。母亲却说，大姨妈是当年迪化城中的名媛之一，新疆第一批骑自行车的人中就有她。大姨妈初嫁是国民党空军的飞行员，丈夫入狱后，她带着两个儿子生活。后来再嫁，是个成分好的丈夫,又育两男两女。母亲常说,大姨妈的一笔小楷和她人一样美。可我看到的只是一个风烛残年的老太太，跟谁都不争，一团和气。是啊，冷暖尝遍，计较什么呢?

大姨妈这辈子，经的那些苦难，我们没法想象。

这样的情形哪里顾得了妹妹弟弟。大姨夫当时能够收留舅舅想必都是大姨妈千恩万求来的。

大姨妈的 4 个孩子通通比舅舅大，别人都在上学，他则做着永远做不完的杂事。至于受过多少屈辱我不得而知，但童年时的我记得舅舅到我家时目光是呆滞的，说话急了会结巴，对任何人都是唯唯诺诺、小心翼翼的。舅舅后来去了特克斯县建筑社。谁都可以呵斥他、欺负他。大雪皑皑天，领导竟然派他和几个从未伐过木的年轻人上山伐木，倒下来的树压在了他身上。他走时很年轻很年轻。我更愿意相信，舅舅的走是姥爷姥姥在天上看不下去了，所以接走了他。

大地是清净的，舅舅活过的这一段人生也是清净的。和大地融为一体的舅舅是不是暖和了许多?

那一年冰雪消融后，春风依然似剪刀，温柔地裁剪出柳条的青丝、田野的嫩绿，可也咔嚓剪碎了母亲的心。从此母亲不能提舅舅，那是她永久的痛。

姥姥当年虽然不鼓励母亲读书，但姥爷常说的话成了母亲一辈子的口头禅:万般皆下品,唯有读书高。父亲当年追求母亲，就是从送书、抄杂志上的诗开始的。母亲对父亲的一笔字生疑，坚决不答应。父亲便去求与母亲在孤儿院一起长大的肖阿姨帮忙，肖阿姨一拍大腿道："把她个小资产阶级还傲得不行，走，我用她的名字跟你领证去。"

一首抄来的诗、一张冒领的结婚证，成了母亲这一生对付父亲的迫击炮。父亲稍有反抗，母亲的眼泪、鼻涕和着委屈，子弹一样密集地射向父亲，每每都是父亲缴械投降。

小时候，我们姐弟 3 个，最盼望的是父亲在家，那样就有香喷喷的热饭吃。父亲做一手好饭，母亲不会做饭。就是被请去做客，父亲也要把饭做好再去。母亲一生气，蒙着被子能哭一天，我和弟妹便被父亲安排在床前站一溜，请求母亲起床吃饭。看着母亲抱着一本书，能在火墙边坐一天，我和弟妹都特别纳闷，母亲为什么和别人家的阿姨那么不一样，她们活得那么开心，吃过晚饭就抓一把瓜子搬个小板凳坐在家门口围一圈聊天了，我们家却静悄悄的。童年时就怕这种静，寂静仿佛哗哗地冲进门来，淹没了房间。只有那只蓝色的钟摆，滴答滴答越走越响。母亲抱着杂志看小说，我们姐弟几个抱着母亲给订的《小朋友》《儿童时代》《少年报》《少年文艺》，听着屋外小朋友的嬉戏声，羡慕又嫉妒。一给父亲抱怨，父亲立刻说："不许惹你妈妈伤心，她从小是在孤儿院长大的。"我们立刻就灰溜溜地走了。

母亲认为，她在那么饥饿的年代不知道父母饥肠辘辘，和弟弟一起做出把饭倒了，埋在院子里的举动，就是姥爷姥姥把孩子养成了一张白纸，可一张白纸如何经得起风雨。痛定思痛后，她决定从小就让我们参与家庭的一切，知道父母的不易。她的做法是，让刚上初中的我管家。每月发了工资交给我，刚开始我认真记账，1 分钱对不上账都睡不好觉。时间久了，父母懒得查账了，于是我每月开始省出 1 元钱。实在不想干活又支使不动妹妹时，我就开价，5 角钱洗一次碗。妹妹屁颠屁颠就去洗碗了。管账管到一年时，我已经可以每月从生活费中省出 2 元钱了，还给自己买了一双 6 元钱的皮鞋。妹妹揭发我，我就对母亲说是卖了牙膏皮，捡了废铁卖钱攒的，母亲根本不去想我就是卖一年的牙膏皮，也买不来一只皮鞋。等我上师范住校后，妹妹开始管家，她支使弟弟干活不灵时，已经可以用两块钱诱惑他了。

母亲的这种教育方式，把我们彻底变成了一个俗人。小时候，母亲不允许我扎粉红蝴蝶结、从不给我和妹妹做粉色衣服，童年的账欠到如今，我如饥似渴地给自己添置了一堆粉红色。最终，我们姐弟都没有变成她期望的样子。

母亲对我们姐弟仨学不好数学特别不可思议。初中还没有毕业的她在当年的伊犁毛纺织厂是让人竖拇指的。在大学生待的实验室工作也得心应手，还能在职工大学的夜校里讲代数。她说这世界上最幸福、最容易的事就是上学。我们姐弟对这样的话真是太抗拒了。

感谢未曾谋面的姥姥对母亲的教导，母亲的一手针线活儿在那个年代使我们姐弟仨赢得了多少羡慕的眼光啊。从小我们的衣服都是母亲做的，邻居“阿拉子叔叔”的上海亲戚寄来的衣服，母亲仔细打量一番，拿上画粉就研究上了，一通缝纫机踩下来还不罢休，得在胸前和口袋上绣上各种动物图案和我们仨的乳名。走在路上，经常有阿姨把我叫住：“来，阿姨看一下你的洋衫子，又是你妈做的吗，欧吼，手太巧了。”

曾经，我那么渴望离开母亲，我受不了她没完没了的唠叨，想不通一个孩子犯错，为什么其他两个都要受牵连，她严厉到床单不平整、被子不是方方正正都要发一顿脾气。不到睡觉的时候决不允许孩子挨床边。那时的我一边挨骂，一边暗自发誓，以后绝不像她。过了 30 岁以后，我看到，从习性和内心我都那样的酷似母亲。

我曾经问过母亲，想去东北凤城看看吗？母亲说，只想去看看小时候待过的孤儿院。

父亲很少与我们交流，每年一到开春，就爱在爷爷家那早已面目全非的院子里待着，种花种菜。大大（父亲的大哥）家有了院子，他便每年春天又在那片地里忙活。等我家也买了一处院落后，父亲成了那一亩地的王。地怎么拾掇，种些什么，必须他说了算。吃了早饭，他能够在地里待上一上午，干完活，不进屋，点支烟，一边抽，一边凝视着他那块地。一坐就是大半天。母亲总打趣他："你那样爱那块地，地里能给你变出个仙女来吗？"父亲轻轻哼一声："仙女我才不要呢，我只要地。"

父亲的维吾尔族、哈萨克族朋友很多，到我们家做客都会吃我家的饭，这待遇一般的汉族人家是没有的。父亲请朋友在家做客时，都是用刀刃朝内削骨头的方法吃肉，他贪恋奶茶、吃皮牙子馕、不吃猪肉、抽莫合烟、喝茯茶，能够把任何一首歌直接用维吾尔语唱出来。

出新疆旅游，不到两天就开始抱怨没有馕吃、没有鲜奶喝，就闹着要回家。在父亲眼中，这世上没有一个地方比得上他的伊犁。

工作以后，我在报社做副刊编辑，每每接待内地报业同行，最怕的一句话是：我不能吃羊肉。

伊犁有天底下最美丽的草场、最鲜嫩的羊肉。

伊犁人的眼睛、舌头通通被惯坏了。

在草原上吃肉，一定要喝马奶子，外地人称之为马奶酒的饮料。这是配套的，马奶子是哈萨克族最爱喝的饮品。在哈萨克族的毡房里，主人在劝马奶酒时通常会说："这碗酒，男人喝了嘛，力量。女人喝了嘛，漂亮。两口子一块喝了嘛，较量。"

如果哪位客人在喝马奶子时做出龇牙咧嘴状，我们会从心底鄙视他，还暗骂一句：没有福气的家伙。

到乌鲁木齐工作后，我吃过超市里卖的奶皮子，当我把它倒进碗里时，简直不敢相信自己的眼睛，天呐！这像冻子似的白色液体是奶皮子吗？

伊犁人吃的奶皮子是纯牛奶烧开后结的那层厚厚的奶油，一层一层地撇掉，装满一个罐头瓶子，买回家熬着奶茶就着馕吃，那醇香、那美味，无法言说。

生在伊犁，即使在外面看到再动人的美景，都不会太过震撼。驻足、停留、欣赏过后，放不下的还是天山还是草原。

离开伊犁后，我眼前经常会出现童年时的情景：在洒满阳光的西公园、在飞机场的草坪上、在汉人街的路灯下，总能看到围成一圈的维吾尔族汉子拎着一瓶伊犁大曲，用一辆自行车的铃铛盖子或者剜去内核的新鲜苹果盛着酒，一个个地轮着喝。夜幕降临的时候，手风琴便拉起来了，一曲曲《黑眼睛》飘满了伊犁的大街小巷。时至今日，每当我听到《黑眼睛》的旋律时，仿佛又回到了童年时光。

后来，读到王蒙先生那句：一曲《黑眼睛》，双泪落君前。深以为然。

素心向月

和好友在咖啡厅吃午饭，朋友一边饮着柠檬水，一边说她的家事，她说她怕与老公吵架，怕和他分开……我静静地听着，没有言语。她突然冷不丁地问道：你最怕什么？我脱口而出：做手术没人签字。

朋友的嘴张成了O型。

我一直觉得，自己是个命大有福的人。

12岁那年冬天，去牛奶房打鲜奶，路滑，我一手拎着钢精锅，一只手扶了下电线杆旁的钢丝绳，只见雪地上出现一溜电花，我被跑电的钢丝绳打倒在地。突然被电击的那一刻我没有来得及想些什么，但从此永远不敢摸电线杆旁的任何一样东西。哪怕街头的电线上只挂着一截风筝尾巴，我仍要绕道而走。

14 岁的夏天。妈妈带着我和弟妹在伊犁河边玩耍，突然，一阵激流将我卷进了河心。扎扎实实地喝下几口水后，我感到了死亡的威胁。于是，拼命地从水里探出头，大喊：救命！这时候，我心里清楚极了，也害怕极了。被水浪卷着的身体一会儿脸朝上，一阵儿脸朝下，妈妈及弟妹的喊声也渐远了。眼睁睁地看着自己被冲出了桥洞，只有一个想法，我就这样死了……等被人救上岸时，我才发现大桥两边站满了围观的人群。

从此以后，我一从伊犁河大桥上经过腿就发抖，头发晕。这也是我一直热衷游泳的重要原因，因为被淹的滋味太不好受了。

最惨痛的经历是一场车祸。当车轮从我腿上碾过的那一瞬间，我心中漫过一种彻骨的绝望。脑子里反复出现两个字：完了，完了。我以为自己会痛得昏死过去，可是，没有。去医院的整个途中，我要命的清醒。当时，恐惧战胜了一切。躺在担架上，痛是撕心裂肺的。我一路哭求着抬我的人：轻一点，轻一点，求你们了。我至今都不敢回忆做牵引、拍片时的情景，形容人鬼哭狼嚎，那天，我就是了。等止痛针、破伤风这些针打完，人被送进病房时，我确切地知道自己的腿骨折了。紧接着，开始接受各项检查。进手术室之前，医生问：亲属呢？谁签字，我茫然无助地答，可以自己签吗？说完这句话，感觉心一下被掏空了似的，泪水再次汹涌而下。被我从伊犁游说来北京的同学替我签了手术同意书。

看着头上耀眼的灯，我浑身不停地颤抖着，我真想睡一觉，好暂时忘记内心的恐惧和绝望。可是，麻醉针打过之后，直至医生开始手术，我都是异常清醒的。很长时间了，我开始担心麻醉药的效力会过去，万一手术没完，药劲过去了，可怎么办？正焦心着，听一女声在问这问那，我惊讶极了，做手术还可以说话吗？电影上演的医生通常都是额上渗着细密的汗珠，一把把地接刀剪，始终一言不发。怎么不一样呢？我努力用嘴顶开扣着的氧气罩，哀求医生：麻烦你们给我缝好看一点。“缝好看点？”医生笑了，便不再边开刀边议论我这条腿了。可我依然怕得要命。被皮带扣着的手徒劳地伸张着，但什么也抓不住。我从来没有那么强烈地渴望有一双手能握紧我的手。感觉中，那待宰的羔羊，想必就是这么无助了。

被推出手术室，我才放下心来，背着的麻药箱暂时给了我一些安慰，脑袋里乱极了，简直不胜负荷，顾不上那些乱七八糟的管子，吸着新鲜的氧气，我终于安静下来，睡着了。

整整三天三夜，我都昏昏沉沉的，每次护士测血压，量体温报的数字，都让人焦虑不堪。后来我才知道，整个手术做了三个半小时。接下来的一周里，我不停地发着高烧，尽管没日没夜地挂吊瓶，依然是烧。一张脸据说苍白得吓人。于是，吊瓶过后又开始输血。开始扎针的那一刻，我终于没有忍住，问了句："你们医院的血液没有问题吧？不会让人再传染上艾滋病什么的吧？"小护士狠狠地瞪了我一眼，没理睬我。我一直扭着脸，不敢看输血袋。我实在没有勇气面对这种暗红色了。打完针好久，我还忍不住地干呕。我不知道，这一周是我的危险期，没有人告诉我。只记得，这段时间是我怨气最重的时候，面对突如其来的不幸，我唯一做的，就是不停地哭，情绪也低落到了极点。突然间自花丛跌进了冰窟，变成了一个无用的废物，每当有人试图劝我：你看看其他病人，看看那张床上的小孩……我便愤怒地打断她们：我不看，我谁也不看，天底下还有比我更倒霉的人吗？

我喋喋不休地对陪视我的同学哭诉：为什么这么不公平？我给佛烧过香的，每次在地铁口，我都给要饭的给钱……这时候的我如同鲁迅笔下的祥林嫂，给别人哭诉自己的不幸有什么用呢？

其实我心里早已明白，这个世界是无理可依的。

看着打着石膏的伤腿，每次都禁不住地潸然泪下。假如，假如时光能够倒流的话，我一定不再变着法儿折腾这条腿，不再嫌它不够修长，不再游泳时对它遮遮掩掩，只要它是健康的，就是美丽的。

偶然听到医生告诉同学，我的腿就是好了也会比以前稍短一些，而且伤腿只能弯成90度角，就是说以后我的右腿蹲不下去了。

“路不平”？——如同五雷轰顶，我一下就被击垮了。接下来的日子，我打听到了从医院打车到什刹海50元钱就够了。拄着拐溜出医院倒不难，可我到哪里去弄钱呢？于是，拐弯抹角让同学把我的包带来。同学给我扔了本《基督山伯爵》后说：“想跳湖是吧？你还不够那资格！”邻床大姐说了句我一辈子都忘不了的话：“你连死都不怕，还怕活吗？”

时间一天天过去，我不得不面对现实，肉体的疼痛折磨得我寝食难安。后来，腿一疼，我就大声数数或唱儿歌。危险期过后，烧也渐渐退了，氧气管、麻药针也一样样地撤了。每天只剩下六七瓶的液体。这样，心情也渐好了起来。

第一次打量同病房的病人时，我震惊极了。怪不得大伙在劝我时让我看看那个小孩。现在，我看见了，她从脖子到大胯全都打满了石膏，从胳膊处竟然连至腋下，远看半截石膏倒像是件短袖衫。一问，才知道她患的是先天性脊柱侧弯，这已是第四次手术了。她的床也铺得与众不同，八个大皮枕头码成一个四方形托住小女孩打满石膏的身体，而头和脚则悬空，腿脚倒也罢了，还能搭在床上，而头悬着朝下可是常人难以忍受的，她每天喝水、吃饭都是这么躺着由她妈妈一点点地喂。看着她那如同一个拱形桥的造型，总使我想起电影中被敌人倒吊着的好人来。我曾试着把头倒着放下床头。只觉一阵阵眩晕，整个房间都转了起来。一个12岁的孩子，便要忍受这样的病痛，真是难为她了。她的父母为了看好女儿的病，双双辞去了公职，他们生活的内容只有一条，给孩子看病。女孩的爸爸是病房公认的好脾气，纵使被妻子骂得狗血淋头，那个东北汉子依然一副笑脸哄她们娘儿俩开心，闷时躲在一边抽几毛钱一包的假烟。几年来，他们用尽了全部积蓄，跑了无数个城市，最终来了北京。

面对这样一家人，我再也不好意思整日以泪洗面了。我跟孩子聊天，讲故事，跟她一起唱歌，学着彼此鼓励。这段日子，我懂得了，人什么时候活的都是个心态。

邻床的大姐是骑自行车摔了一跤，结果腿就断了，还断了三截。陪护的丈夫倒一次便盆要洗十几次手，看着妻子与别的病友说笑，他会咬牙切齿地呵斥她。若是一般的女人，遇上这样的丈夫，此时此刻，也只有仰人鼻息，偷偷抹泪的份了。可大姐偏又是这病房里的活宝，任你骂也好，摔脸子也罢，不急、不恼、不上火、吃得香、睡得好，（当然是在腿不疼的情况下）这份难得糊涂真正令人叹服。

门口病床上的那位四川姑娘，在一家馒头店打工，不知为什么会把整条胳膊伸进压面机里……

静静的夜里，看着邻床侧着身子睡得香甜，我羡慕极了。她多幸福呀！睡觉还能翻身，那她的腰一定不像我那样针扎似的酸痛难忍。

开始做康复治疗时，我把缠满纱布的伤腿放上机器时，总让护士给我调到最大挡，机器在上下拉扯间，我能听到伤疤砰砰开裂的声音，很快纱布就被染成了红色，我那个小病友就会哭着喊：“护士，给阿姨调小一点——”

这个时候我谁的话也不听，流着泪扯着嗓子唱歌，一边唱一边在心里发狠：让你短一截、让你短一截，我就要把你给扯长了！

当我终于能坐起来时，兴奋极了。我对同学说：我如今最大的幸福是能侧着身睡觉，坐在推车上被你推出去看看花草。

出院后，在单位休养了一阵子，我跟同学说，我要回新疆了，北京不是我的本命城，它用这种方式让我离开。同学拖着哭腔说：你从伊犁把我叫来北京，介绍我到这个单位，不是商量好，要在这里买房，做邻居吗？现在你回去，我怎么办呀？

我笑，这个世界谁离开谁都能活。

十几年间，只要是去北京，都是同学接机，她开着私家车，带我去她家认门，带我逛商场，给我介绍品牌服装、介绍哪里的饭菜好吃，平时通电话，她也会很自然地问："你们新疆天还亮着呢吧？我们这里早黑了。"

十几年弹指一挥间，不敢说它能改变一个时代，但至少它改变了很多人的际遇。

回来以后，我不能忍受自己拄着拐出现在任何一个熟人面前，静悄悄地，在一个陌生的单位，开始了我的生活，好在，半年以后，我就恢复了。而且，老天保佑，我的伤腿没有短一截，我没有变成"路不平"，我依然可以随便蹲、甚至在徒步或者爬山的时候，没有人会看出我的腿曾经受伤过。

满一年的时候，要拆钢板了，我托了兰州军区总医院大名鼎鼎的骨科专家史主任为我做手术。还记得护士和一位医生的对话："这是什么人呀？拆钢板还要史主任，真是杀鸡用牛刀。"

我真是庆幸在报社选择了医疗口跑新闻。因家人离得远，我没有告诉他们，只是再次面对手术同意书的时候，我内心的悲哀茫无涯际。

病床上的那一个个日日夜夜，使我对生命有了最朴素的认识。一个人能健康、平凡地活着，就是快乐的，幸福的。生活本身就是平平淡淡、寻寻常常，永不知足也许是一种积极的人生态度，但更多的时候人应该懂得知足。

一个人，死过一次再活过来，就知道该怎样活了。

只是，我一直在内心深深地企盼，自己拥有一个健康的身体，不用再面对这样深切的悲凉。

旧时味道

旁人谈起过年，总有些难忘的回忆，而我打童年开始，就不喜欢过年。因为是家里的老大，下面有妹妹弟弟，所以既不娇生也不被惯养。

总是一进腊月，家里人就开始忙了。

当父母开始蒸馍馍的时候，给馍馍点红点，在花卷上塞红枣，拿把小剪刀在面疙瘩上剪刺猬……这样的美事都是弟妹的，因为好玩。

8 岁的我就拖着一个长条大铁盆，用搓板洗全家的被褥、帘帘单单和换洗的衣服，洗衣服的洗涤剂是伊犁毛纺厂洗羊毛的清洁剂，家家都用这种洗涤剂，泡沫大得要命，需要用肥皂洗过第二遍，然后淘三四遍才能彻底把衣服给洗干净。所以，每到过年，看到小山一样待洗的东西我就发愁。

洗完衣服，晾一院子，左邻右舍见了交相夸赞，以至于我长大后，厂里的老人们都愿跟我家结亲，因记得我从小就能干。

等院里冻得邦邦硬的衣物干了后，我的差事就又来了，缝被子。先把被里子在大床上铺好，把棉絮小心搁上去，再将缎子被面铺好拉平，把被里的边均匀折好，穿针引线，戴上顶针就开始缝了。开始妈妈做示范，后面我越干越娴熟了。

上师范的3年，因为会缝被子，得了好些实惠。女生请我缝被子，总有小礼物感谢，男生刚开始不找我，他们先找心仪的女生缝，等女生连被子带床单给他缝一起时，便得请我了。想想还是现在好，一床蚕丝被，一个被套，永远不需要缝被子。

大概10岁的样子，家里搬了更大更宽敞的平房，一溜儿四间，水泥地也变成了砖地。这时候过年，除了洗衣服、缝被子是我分内的活儿以外，因为那该死的砖地，我又有了一项光荣的任务。爸爸通常会丢给我一块麻袋片子，我在盆里倒上洗涤剂，打湿麻袋片儿，蹲在地上一块块地擦砖，等将四间房子的地砖全擦干净后，看到来家里的客人不换鞋，我咬人的心都有。

爸爸养花是出了名的，他总有本事让好些花儿都在正月里开放。地擦干净了，爸爸又会给我一个盆，我便老老实实地去擦家里绿色植物的叶子，就是我家橡皮树、龟背竹的叶片，用清水擦完后，还得用鸡蛋清再擦一遍，每当这时候，我都恨不得拔光那些绿油油的叶片。这惨痛的记忆使得我成家后，只喜矮小的绿植，坚决不养橡皮树和龟背竹。

我在干这些活儿的时候，妹妹通常在收拾床底，那时候不管是父母睡的大床，还是我们姐弟三个的小床下面，掀起垂地的流苏床单，床下是满满当当的洗衣盆、水桯等杂物，妹妹的活儿就是把床底下所有的杂物移出来，再把床底下擦干净，然后将一样样杂物擦干净再原样摆好，所以妹妹成家后没有一张床的底下是可以塞东西的，席梦思带抽屉她都不干，想来收拾床底是她童年时的噩梦。

家里做点心、炸馓子、做沙琪玛都是跟维吾尔族街坊们学的，她们过古尔邦节、肉孜节时都会请朋友、同事去家里做客。过春节，父母也会请他们的朋友、同事来家里做客。一家一家的拜年队伍实则是对主妇手艺的检验。所以，父母对年节的吃食非常重视。

做美食从来都是孩子们最愉快的时候。妈妈通常都会请来单位里能干的回族阿姨，父母和阿姨忙着晾花椒水，用牛奶、鸡蛋和面，爸爸拿出炸馓子的长木棍，我们便知道，这是要炸棍棍馓子了，而宽叶馓子则需用一个带齿的小铁滚子在擀好的面的边缘走一圈，宽馓子的“牙齿”就成了。炸好了的宽馓子往盘里一摆，再把砂糖往上一撒，诱人极了。判断做馓子手艺的好坏，不用尝，只需看看炸好的馓子的均匀度和上面密密的气泡便八九不离十了。

我家烤的点心也非常好吃，用羊油和面，烤好的点心皮是一层一层的，酥极了。里面的馅更妙，有芝麻、核桃仁、杏皮、葡萄干、糖渍玫瑰花瓣。

做沙琪玛真是很麻烦，先是用清油、鸡蛋和面，擀好面后油炸，捞出后放在一个大盆里浇上熬好的糖浆，还要在上面用重物压实。记得有一年，炸好的沙琪玛扣盘上一时找不到重物来压，爸爸随手把小弟拎上了桌，让他趴在扣沙琪玛的大圆铁盘上，胖乎乎的小弟老老实实地趴在盘子上，闻着那诱人的香味，不敢乱动。

炸翻花馓子的时候，我就派上用场了，爸爸将切好的大小均匀的长方形面皮给我，我把两张叠一起，用刀在中间划道口子，将面皮的头尾从口子里翻过去，花儿就成了，油锅里一滚，出来便是漂亮的花馓子了。

炸完馓子的油通常用来炸带鱼、肉丸子和茄夹辣罐啥的。油炸的活儿干完了，便是卤肉、卤鸡、卤鸡爪、卤鸡蛋的时候了，此时，我和妹妹的活就是在凉水盆里给煮熟的鸡蛋剥壳。

蒸馍馍时，妹妹和弟弟的任务是给馍馍点红点，在花卷上塞红枣，一个花卷三颗枣，蒸出来的红点馍和枣花卷白白胖胖的，诱人极了。

所有的吃食最后都在煤房子旁边的小隔间里一排排一层层摞着，我们姐弟三个看着那满架子冻着的美食，感觉我家简直像巴依老爷过的日子，幸福得直冒泡。

等到年三十那天，把所有洗干净的窗帘、沙发套换好，对联贴好。我们姐弟三个一身簇新的就等着去爷爷家领压岁钱了。

家里搬了楼房后，没有院子可以施展，父母过年的心劲开始逐年递减，啥东西都可以买来，再不用亲手做了，可再也没有那种甘甜如饴的滋味了。

儿时的我曾经一边擦着砖地，一边和钻在床底下擦地的妹妹发誓，我们长大了一定不让小孩干这些活儿。

如今过年，相互拜年变成了微信问好，红包变成了手机转账，七天的大假变成了家人聚餐、睡懒觉、上网的日子，再没有年三十下午每人换一身新衣的喜悦，再没有初一一大早起床迎接客人的期待，春节的仪式感就这样消失了。

我和妹妹望着各自的儿子，祈求他们少喝点饮料，多吃点主食，祈求他们少上会儿网，多看些书，他们的被子天天都像麻花样地卷着，我和妹妹张了嘴，对视一下又把话咽了回去……

吃年夜饭时，只要他俩吃好了，所有人就都满意了。任何一句表扬都不能让他们像当年的我们那样积极地去表现。

真的不知道，等到两个孩子长大成家，提起过年，他们还有我们这代人经历过的温暖和满足吗？

第四辑

西域情丝

远嫁乌孙的细君公主

钟灵毓秀。

郁郁葱葱的山峦起伏绵延，翡翠般的湖水静如处子；细君公主乍一看见这奇异的湖水时，感觉眼前一亮，继而泪水就止不住地潸然而下。

走了多长的路，她已不记得了，从踏上“和亲”的征途起，她对自己的命运就像这广漠的戈壁滩一样，没有任何指望了。

细君公主一生的眼泪仿佛在这条路上流尽了。

她不明白，曾几何时，她还是王府的千金，是江南温柔富贵乡中的金枝玉叶。无忧无虑地扑蝶花间，赏月庭前，那时候，她尚不知道，父亲会因为谋反自杀，自己会成为一代帝王汉武帝的政治牺牲品。她不知道，在西域那片苍莽的土地上，匈奴人像阴山涌出的洪水一般，逐鹿各国，马蹄所到之处，其他王国纷纷倒戈。这个在马背上驰骋纵横的民族成为汉武帝的心腹之患，为了知己知彼，张骞被派往西域。

当时，乌孙在国力上仅次于匈奴，他们一直小心谨慎地同匈奴周旋着，张骞的到来，使他们松了一口气，他不仅带来了金银珠宝，丝绸锦缎，还让乌孙人找到了一棵可以依靠的大树。

早就对匈奴苛繁的经济掠夺痛恨已久的昆莫猎骄靡派使臣前往汉王朝求婚。

“乌孙能东居故地，汗遣公主为夫人，结为昆弟，共拒匈奴。”

一道圣旨，细君和家乡、亲人成了海角天涯。

做梦都想不到啊！乌孙以千匹“汗血马”为聘礼，她这个昔日江都王刘建的掌上明珠便要成为年近花甲的乌孙昆莫猎骄靡的右夫人。

一条白绫刚刚系于颈间，整个王府就齐刷刷地跪倒了一片，细君的心都要碎了。“普天之下，莫非王土，率土之滨，莫非王臣。”一个女子在一个国家的利益面前是算不了什么的。

在离别家乡的那一刻，公主掀帘与亲人依依惜别，此去生生地割断了故土。公主是无奈的，她穿越风沙雪域，历经千难万险，千里迢迢来与乌孙王和亲。

细君公主出嫁，民间也有另一种说法。据说细君出嫁时的车队是从江都出发的，行经安徽灵璧时，细君停车驻马，在一处山岩前悄然伫立，手抚巨石，东望乡关，久久不忍离去，以至于在石上留下一枚清晰的手印。这手印后来经匠人摹刻，遂成一方景观，名为“灵璧手印”。元代钱塘诗人钱惟善有《灵璧手印篇》纪其事，诗前《序》云：“汉以江都王女细君嫁乌孙王，女过灵璧，尝扶于石，后人镌石为模，腕节分明，故述其事而为之辞。”他诗中的“万里穷愁天一方，曾驻鸣镳倚灵璧，灵璧亭亭立空雪，石痕不烂胭脂节”等句，读之令人心酸。

一个月，两个月，路越走越长，仿佛远得没有尽头。当“和亲”使团的车轮碾过玉门关时，细君觉得自己的泪变成了血……

西出阳关，看到了西域的山山水水时，细君公主的心情已经平静多了。工匠们看到细君展开了容颜，便为她弹起了琵琶，琴声袅袅，使这山水显得更加空灵。

这琵琶是随行的工匠们根据中原固有的琴、筝、筑、卧、箜篌等乐器的原理，做的便于携带，能在马上弹奏的乐器，还为它取了一个好听的名字——琵琶。

和着琴声，细君久久打量着那戈壁之后如江南般的美景，跟自己说，已然这样了，连死都无惧，还怕活吗？她在一泓碧潭中仔细梳洗了一番，精精神神地上路了。

她见到了前来迎接她的那个异族男人。我们仿佛又听到了童话中王子与公主从此过上了幸福生活的梦想。

可是，制造童话的人们愿意转过身去看看吗？这个凄楚又美丽的故事背后，包含的是皇权社会一个女子的爱情悲剧。

异族异乡，红颜寂寞，那是怎样难熬的岁月？

乌孙王一见细君公主，便恍如置身仙境。天啊！这袅袅婷婷的女子简直就是仙女嘛，她怎么白得跟柯木孜（马奶子）似的……

从此，“马奶子公主”盛名远扬。

尽管有几个月的时间在路上设想将来的生活，尽管有了吃千辛万苦的准备，可真正的生活还是让细君公主愁肠百结，吃不惯羊肉，喝不惯奶茶……凄楚哀怨的歌声不断从她的毡房里飘出：

吾家嫁我兮天一方

远托异国兮乌孙王

穹庐为室兮毡为墙

以肉为食兮酪为浆

居常土思兮心内伤

愿为黄鹄兮还故乡

……

一年又一年，故乡只在梦里相见。

思乡之情虽苦，可细君身为汉臣一直在履行着自己的责任。她常提醒夫君“得人心者得天下”，以仁政和慈爱对待属下的臣民。她把种出来的粮食、蔬菜分发给乌孙的百姓，她把纺线织布的技术教给女人们，她把阳光洒向了草原。

在一个天寒地冻、飞雪飘飘的夜晚，被乌孙人喻为“太阳神之子”的昆莫猎骄靡就要陨落了，他临终要求细君公主再嫁自己的长孙军须靡。

深受中原文化熏陶的细君公主当然要反抗了，她言辞恳切地上书朝廷，希望“娘家人”帮她说个情。

可是，朝思暮想，盼来了汉武帝刘彻冷冰冰的一句话：“从其国俗，欲与乌孙共灭胡。”

细君公主拭去泪珠，嫁给了军须靡。

千百年来，女子的天空都是低的，可多少红颜用自己的身体使干戈化为玉帛。

军须靡非常宠爱细君公主，她一直是他心中的白天鹅。

白天鹅生活在高山湖泊，洁白无瑕、质朴高雅，哈萨克族一直把她作为心灵美的象征，严禁捕杀。

为了表达爱慕之情，军须靡在乌孙国的夏都为细君公主建了一座汉宫。汉宫的风格和布局以及所有的装饰都酷似长安的皇宫。

他们夫妻的感情日益深厚，细君还为军须靡生下了一位小公主。可小公主还未长大，细君公主就由于身体孱弱病倒了。

在一个“千树万树梨花开”的冰天雪地中，细君公主的生命之花凋零了。

5 年了！短短的 5 年，却是长长的一生。

落花无眠啊，纵然零落成泥，依然香如故。

遥远的故乡啊！你可曾听到，西域的那一管胡笳奏出的曲音：“多情自古伤离别，更那堪，冷落清秋节！今宵酒醒何处？杨柳岸，晓风残月。此去经年，应是良辰美景虚设，便纵有千种风情，更与何人说？”

岁月流逝，暗淡了刀光剑影，远去了鼓角铮鸣，还有人忆否——那些昔日的汉家女子。

“人面不知何处去，桃花依旧笑春风”。

当我畅游特克斯草原，在那密林深处，山花烂漫的尽头，犹见美丽的细君公主婀娜多姿的身影……她是否变成了花神，一直在护佑着草原上的各族兄弟姐妹。

至今，哈萨克人还流传着“柯木孜公主”的动人故事。

民国初年，细君家乡的一位诗人曾满怀激情地写了一首七律，题为《乌孙公主歌》，歌云：

胡筝拨怨黄金徽，尘毂凝香纰罽帏。
镜里青鸾知惜别，歌中黄鹄宁羁飞。
狼望春花雪絮积，龙堆秋草阳晖稀。
到此应输青冢骨，芳魂犹共佩环归。

诗人笔下的新疆

2014 年冬天，乌鲁木齐和往年一样，一场场鹅毛大雪盖住了整个城市。大雪之后，又总是温暖的阳光。在我办公桌上，透窗而入的光线，正照在三本刚刚印刷成书的“名家写新疆”系列散文集上。自第一辑“名家写新疆丛书”出版之后，读者就好评不断，因而对第二辑，作为统筹，我心里更为谨慎。最终，选定了周涛、沈苇和远人作为第二辑的作者人选。定稿之后，我意外地发现，这三位作者有一个共同的身份——他们都是以诗歌在文坛产生影响的诗人。

或许，读者不难发现，诗人写散文和一个纯粹的散文家写散文，有着特别不一样的表达效果。大概是诗人对语言的自我要求更为严格，行文角度也更为出奇制胜，因而诗人的散文更能让人看到字里行间的诗意和新颖别致的视角。当然，不是每个诗人都能写一手好散文，但能够将散文写好的诗人，总是令我不知不觉地更多一份欣赏。

作为一套丛书的组合，周涛祖籍山西，童年时随父母从北京举家迁至新疆。沈苇也是从湖州来到新疆，融入这片“混血的土地”中。远人则是从湘江到新疆的匆匆过客。这种以本土为圆心的对外扩散，也显示出这套丛书的宽广度和包容度。

有人说，读一本书，就是读一个作者和认识一个作者。这里我想谈谈对三位作者的认识，通过人，也通过书。

周　涛

第一次见周涛是在他的作品研讨会上，彼时四十出头，不到二十岁的我作为一名涛粉参加会议，只记得笔直高挺的周老师与我握手时，手指修长而干净，时至今日能够让我愿意以“玉树临风”这四个字形容的男人只有中年时的周涛。作为 20 世纪 80 年代新边塞诗的代表人物，评论界早有定论。他那些耳熟能详的散文名篇如《稀世之鸟》《巩乃斯的马》《野马群》等，早已烙在我的阅读深处。

当我满怀欣喜地拿到周老师的《冬日阳光》书稿之后，立刻迫不及待地读了起来。在新疆乃至全国文坛，周涛的创作向来便以诗歌、散文为相看两不厌的并峙高峰。这几年，总有人发出“周郎老矣，尚能饭否？”的疑问，周涛便以2013年的《一个人和新疆》与2014年末的《冬日阳光》做了回答。这本集子严格说可分四辑，一辑是纯粹意义上的散文，一辑是充满诗意的灵感短章，一辑是人物素描及给他人的作序，最后一辑是个人访谈。不论哪个类别，文字中都可以让读者看到作家的文学理解和深厚功底。

周涛曾经以诗歌享誉文坛，以散文获得首届鲁迅文学奖。在那些纯粹意义上的散文中，周涛贯注的，可以说是他个人对人生的深切感悟，不论是情还是景，最终都走向作者内心的涌动。比如在《帕米尔印象》中，周涛写道，“人一辈子还是应该到帕米尔高原上去体味体味，这比读什么孔孟之道，甚至比读庄子更让人返璞归真，更让人理解人类和自然。帕米尔是一本永远打开的、静谧的书，等着你去读。你可以不读，但受损失的不是它。”从这些文字中可以看出，周涛的语言不论是表达内容还是表达张力，都到了炉火纯青的程度。作为读者，是很容易被这些感性与理性交织而成的文字所感染的。也可以说，周涛的散文魅力就是在这样的表达中体现出来。

周涛在他书中说过这样一段话："士为自己的土地死，土地是知己者，因为这块土地不光养育了你，这块土地上的人也充分了解了你，最认识你，最抬举你，你不死在这儿，你死在一群根本不理你的人那里干啥？只有新疆的人是你的亲人，死在亲人的身边是最好的归宿。"一席话将他与新疆的感情写得淋漓尽致。在《大毛拉摆擂台》《新疆的贵族们》《画家克里木》等篇什中，你会一边读、一边笑，一边感佩他对维吾尔族那种发自内心的欣赏与理解。

他对人生的真知灼见不是要强行交给读者，而是让读者在他的果断与娓娓道来中不知不觉地接受。甚至在他的访谈中，周涛也用一种梅花香自苦寒来的口吻告诉读者和后辈，"文学的第一要素首先是求真，最后才是求善。文学不仅是学识、经验、智慧的产物，更是生命的产物，最高的文学就是生小孩。这是生命里本身带来的，不是仅靠努力奋斗带来的，那叫制造，不是创造。创造是天然产生的，是天然的力量。"我以为，这话里饱含的，是老一代作家留给后辈的衷心劝导。它不是从书本上来的漂亮话，而是一位毕生献身文学的大家将自己的全部理解和盘托出。读者从中得到的，我相信绝不是简单的阅读享受，更多的还包括对文学、对生活、对生命更多的理解深入。

沈　苇

认识沈苇也是在很多年以前，一行人一起去伊犁的昭苏采风，让我印象很深的就是他的诗——像草原上怒放的向日葵，耀眼而热烈。从此，我便加入了苇叶的行列。多年以后，沈苇和我聊起那次采风，提到我去给他买感冒药的细节，由此可见，沈苇是一个非常念别人好处的人。1999 年我调到乌鲁木齐工作后，大家还保持着在家中待客的习惯，和一堆朋友吃过沈苇做的菜以后，才知道他做文做人做事样样是上得了台面的。

作为首届鲁迅文学奖获得者，沈苇的诗歌一直在文坛有颇高的声誉。在新疆，不少青年诗人都愿意聚集在沈苇身边，形成令诗坛注目的新疆诗群。在散文创作上，沈苇的才华也有目共睹，其《新疆词典》早成为读者眼中的“新疆指南”。这次列入“名家写新疆丛书”的是其散文新著《西域记》。

沈苇的散文给我的第一感觉就是密度较大。这大概和他的诗有关。有密度的文字也是有力度的文字。沈苇虽是来自江南的才子，但数十年的大西北熏陶，早使他的语言日渐充满张力。这也形成了沈苇散文独具一格的魅力。

如果说大西北令人视野开阔，那么沈苇的视野也在散文中得到体现。这部散文集的开篇之作《群山谱》就给人开阔之感，也给人致密之感。而且，在散文中，沈苇充分展示了他作为一个诗人的想象力，所以他将昆仑譬喻成“诸神的枕头”，这些神来之笔在这本散文集中随处可见。这种语言功底和他的感受相结合，诞生的就是书中的一篇篇美文。

沈苇的散文的确是美文。它在语言上不仅有奇特的想象，还有丰富的知识含量。在整部散文集中，沈苇对各种事物的由来和引经据典地摘引都信手拈来。尽管摘引不少，但从来不给人掉书袋之嫌，我想原因就在于沈苇特别明白，那些知识性的东西，不过都是为他的表运服务，所以他需要引证时就引证，需要抒发时就抒发，需要历史时就有历史出场，需要现代时就让现代生根……所有这些，无不给读者一种信息量巨大的阅读快感。也正因如此，著名评论家耿占春才指出，“沈苇是一个对生存有着复杂体验的人。”在这部散文集中，沈苇展现的，正是他对生存的种种体验，这种体验，不单纯是他个人的人生体验，更多的是在行文中集中起众生的体验，所以帕米尔在他眼里是天上的，喀什噶尔是西域的天方夜谭，哪怕对动植物的素描，也在沈苇笔下得到活色生香的体验描绘。

大概正是描绘体验，沈苇的文字总是特别开阔。例如在《神树·鬼树》中，他起笔就极富力度地写道，“北方民族，特别是阿尔泰语系诸民族，有一个‘世界生命树’和‘宇宙中心树’的古老观念。这些民族长期生活在北方原始森林中，崇拜苍天、高山和树木，认为树是天空的支柱、神灵的居所，也是性器的象征、通往上界的天梯。许多神话传说中，树是人类的始母。”这样的开篇给读者横空出世之感，也就更易唤起读者的阅读欲望。它也体现了沈苇在诗歌之外，对散文的独到理解，也是他作为一个诗人对散文文体的富有成效的践行印证。

习惯写作诗歌的人往往习惯语言精练。沈苇这部散文集中就有不少短章，它们充分体现了沈苇对语言的打磨，譬如在《放羊人与放牧文字的人》短章中，作者仅用一百二十字便完成，“几年前，在北疆，遇到一位牧民，他去过北京。我问他北京怎么样，他想了想，说：‘北京好是好，可惜太偏僻了。’他的回答使我想起阿摩司·奥兹的一句话：‘你身在哪里，哪里就是世界中心。’放羊人和放牧文字的人，原来是心有灵犀的兄弟，道出了异曲同工的心声。”

这篇短章在我看来，不仅是体现沈苇对散文语言的打磨贡献，从另一个角度来看，它也正好表明了沈苇作为一个作家的写作态度和认识。

在今天的作家群中，着实需要有更多这样具有认识意识的作家。

远　人

认识远人，是他 2013 年 8 月到新疆文联《西部》杂志社挂职时。在接触之前，就听到有文友说这位来自湖南的诗人到新疆后，每天都在写作。初听时我不以为意，心里也有点好奇，一个每天都写作的人不多，甚至罕见。自他来到新疆之后，就每日不停地写他在新疆看到和围绕他身边发生的一切。我读到他的第一篇文字是《二毛失踪记》，那篇文章的风格立刻把我吸引住了，感觉这位知名的“70 后”诗人的确具有颇高的散文创作才华。后来和远人多有接触，很容易便体会到他对文学的激情，也体会到他对写作的全力以赴。此外，远人的记忆力和阅读量都达到惊人的地步，这似乎也保证了他写作习惯的养成。

这部《新疆纪行》也就是远人逐日写在博客上的“新疆日

记”。尽管在整理成书的过程中,远人对文字进行了整理和删改,但全书还是保留了他刻意为之的“日记”痕迹。作为散文一种,“日记体”不那么好写,但“日记”恰恰能保持最原生态的文字感觉。这部散文集按照远人在新疆的游历过程排列,从他踏上新疆开始,到离开新疆结束,全书构成一部完整的“旅行记录”。正如远人在自序里所言,“没到过新疆的人,大都会把自己渴望去的地方列上新疆二字。吸引人去的理由,既有新疆的广阔,也有新疆的风情。二者构成的期望,是一个一直生活在新疆的人难以体会和想象的。”这句话可以当成远人这部《新疆纪行》的钥匙。全书是以一个陌生人的眼光来面对新疆和描写新疆的。他文字所涉,的确是我们一直生活在新疆的人熟视无睹的种种,但在首次入疆的远人笔下,新疆立刻呈现出一种别样的阅读感受。也可以说,远人的新疆散文都是住居者的日常。比如他写到草原和羊时,他笔下出现的文字是“车子终于经过羊群身边。我突然发现,如此多的羊,它们身边竟没有一个牧羊人,在它们周围,除了无穷尽的草原,看不到它们从哪里来,也不知道它们天黑后会到哪里去,甚至,除了我们正在经过的这条水泥公路,看不到羊群走过的是什么样的路。它们似乎一直就在这里,哪怕天荒地老,也不会离去。但我们却在离去。我正在离去，千里跋涉，万里风尘，仅仅只是为了离去，为了看见天涯之外的柔情与美丽，却终不能置身其中”。这样的描述确能使读者感受一个诗人笔尖下的情怀，也充分显示了远人作为一个诗人的敏锐观察力和表现力。

另外，远人在游记中的感慨容易唤起读者的共鸣，在那篇《怪石沟的怪石》末段，远人如此写道，“我伸手去摸身边的石头。石头表面无比粗粝，隐隐地从中透出红色。不知那红色是不是石头的血。这些血液也在它们体内流淌了数亿年，只是肉眼凡胎的人看不出石头的血液流动。石头的血看起来凝固，但我相信那些血还在流淌。等我们离去，等一代一代人离去，甚至等人类从地球上彻底离去，它们的血还是会流淌，因为天地永恒，天地不走，它们属于天地，属于时间中永恒的部分。它们不走，是为了见证这世界最终的海枯石烂”。

读着这样的文字，不可能不令读者怦然心动。久居新疆的人会对身边的事物习以为常，而初来新疆的远人用一双诗意的眼睛解读这方陌生的水土时，带给读者的就不只是惊喜了。仅就这部散文集来看，远人更愿意将内心不断沉淀、不断发现、不断走向开阔——而新疆，最大的特色也恰恰就是开阔。

面对这三位诗人的三本散文著作，我想说，因为他们是诗人，所以他们的著作充满了语言的灵性，因为他们是诗人，所以他们的文字充满了鲜活的诗意。对新疆大地来说，从来就是一块诗意之地。如何表现出它的诗意，在这些诗人的作品中，或许得到了最完满的表达。

伊犁姑娘的书

2013年我参与了国家出版基金项目“中国新疆少数民族原创文学精品译丛”的策划统筹及责编工作，这套30卷本的译丛收录有十几个少数民族的母语翻译作品，整套丛书包括长篇小说、诗歌、散文、纪实文学等，在这样一套重量级的作品中，读者发现了一个陌生的名字——乌拉尔·库尔曼江，她的作品名为《内初班的日子》，她在写这部长篇小说时只有16岁。

2015年，我策划统筹了“新疆民族文学作品精选丛书”。精挑细选的6部作品中，乌拉尔又占据一席。许多读者开始打听：乌拉尔是谁？媒体记者也找我索要作者电话。

我开始频繁地向周围的人介绍这个小姑娘。乌拉尔·库尔曼江是个活泼、美丽的哈萨克族姑娘，1994 年出生在伊犁，毕业于北京电影学院编剧专业，不久的将来我们也许可以看到由她编写的影视剧。

最初叶尔克西老师把她的作品推荐给我时，我心里还在打鼓，完全不敢相信一个 16 岁的孩子能掌控好长篇小说的谋篇布局，通篇读完，我被这个小女孩征服了，《内初班的日子》进入了 2014 年国家出版基金项目并入选了自治区农家书屋项目。

内初班这个词于新疆以外的学子们可能很陌生。但在新疆，这一项惠及千万农家子弟的教育工程改变了许多孩子的人生道路。

为了不断缩小新疆边远贫困地区与较发达地区教育发展水平的差距，让广大农牧区和边远贫困地区的青少年同样享受到高质量的基础教育资源，为不断扩大招生规模的内地新疆高中班（简称内高班）提供高质量的生源，自治区党委、自治区人民政府决定参照内高班的办班模式，从 2004 年秋季开始，在乌鲁木齐、克拉玛依、石河子、奎屯、昌吉、哈密、库尔勒和阿克苏 8 个城市开办新疆区内初中班（简称内初班）。

我开始频繁地向周围的人介绍这个小姑娘。乌拉尔·库尔曼江是个活泼、美丽的哈萨克族姑娘，1994 年出生在伊犁，毕业于北京电影学院编剧专业，不久的将来我们也许可以看到由她编写的影视剧。

从2004年至今，新疆区内初中班成就了一批又一批学子的梦想，在内初班的3年学习生涯中，他们不仅享受到了和城里孩子同样的教学资源，更为重要的是，他们的世界变大了，他们通往梦想的路越来越开阔了。

近年来，有许多描写内初班、内高班学子的文学作品，作者大都会深入他们的生活中采访、记录，也不乏一些优秀的作品，但是从来没有一部作品像乌拉尔这篇小说那样让人久久回味。

究其原因，不是乌拉尔的才华更胜一筹，毕竟她还有稚嫩的一面，但是其他作者无法与她相比的是——亲历。

走马观花的采访哪里抵得过3年的朝夕相处。

乌拉尔·库尔曼江考上内初班，离开家人，前往一个陌生的地方——奎屯，开始了3年的学习生涯。3年的时间中，她由一开始对内初班的极度不喜欢、想逃避，到最后的依依不舍……这个过程中，她经历了很多，也一点点在成长。3年内初班的日子结束之后，她收获到了自己人生旅程中一段难忘且宝贵的人生经历，也写出了自己的第一本长篇小说《内初班的日子》。

作为一个新疆人，我自诩还是对内初班、内高班的意义很明了的，但在责编本书的过程中，我一次次地落泪。

刚进校门的乌拉尔是这样的——

“第二天去校门口见家长，一看到爸爸妈妈我就开始哭，我们之间还隔着那个丑陋的大门，不让我出去就算了还不放他们进来，以为我亲爹亲娘还会绑架我不成！我不管不顾地号啕大哭，终于逼得门卫把他们放了进来。我断定妈妈已经动摇了，想要带我走了，可这个时候坐在警卫室的叶主任开始劝她：‘您自己没有成为军人的机会，现在您的孩子有了这样一个像军人一样锻炼、过军人一样生活的机会，为什么要让孩子失去这个机会呢？’就这一句话，让我留下来成了定局。”

一年以后，乌拉尔的心和内初班这个大家庭越来越近了。她是这样描写自己过生日的情景的——

“因为那不断涌来的祝福声‘生日快乐！’连平时最厌烦最深恶痛绝的跑操和站队都变得那么有意义。一遍遍地说着‘谢谢’，不知道自己说了多少遍。去到食堂的时候，全班五十四个人用五种语言为我唱了生日歌。其实每个人的生日我们都会这么做，这是我们内初班这个特殊的大家庭，特殊的祝福方式，因此我早有接受它的准备。但当这个歌声真的为了我而响起的时候，不得不说，这个感觉真的好赞，这个没有任何悬念和惊喜的感动，让我的心，让我这颗想家，想家人的心，就像是快要融化的棉花糖一般柔软和甜蜜。”

最后一年，孩子们不仅学会了珍惜也懂得了感恩。文中的一段对话可以看到孩子们在内初班的心路历程——

“妈妈，你知道吗，内初过去的这两年，让我害怕这最后一年。”

“怎么了？不会是还在想着当初没上内初上六中多好吧？”

“当然不是，六中我都忘了，现在对我来说，怎么会有比内初班更好的学校呢？”

不得不说，所有孩子对内初班的依恋与陪伴他们的老师们有极大的关系，作者的笔触在描写种种令他们“不自由”的校规时，我品出了老师们的不易。离开自己的孩子，全身心地投入到教学中，不仅是老师更像是保姆。没有奉献精神、没有人格魅力是做不到的！

在小说中，我看到了一个刚开始让所有孩子抵触抗拒的老师如何从“‘沉老师’到‘太君’到‘阿沉’再到‘沉妈’”的，这一路，老师的一颗心操成了碎片！

“也许是数不清的模拟考试磨炼的吧，此时此刻看着那张我们曾千百次地猜想过会是什么模样的试卷，心如止水。平静地考完，平静地走出考场，平静地去找我们班级所在的地方，平静地看着沉妈的脸，平静地交出准考证。因为害怕我们弄丢准考证，沉妈就这样强装出一副比我们还要平静的样子在考场外等候了我们三天半。”

在内初班，师生之间的情感是这样的——

“班主任还在班里给生病的马老师打电话，然后按下免提，让我们 53 个人七嘴八舌地和她通电话，大家像勺子一样一会儿哭一会儿笑，最后千言万语都只有一句话：‘马老师，我们想您。’她也只有一句话：‘好好学。’就因为这一句话，很多本来已经多多少少有些放弃英语的同学，因为别的老师代课无法适应而有些破罐子破摔的同学，在班里无论什么课都很闹的同学，都会在英语课的时候出奇的，前所未有的安静，认真。”

以上的描写无论何时读到我都会潸然泪下。

这个世界的最真实部分，或许永远需要一双孩子的眼睛去看见并牢牢记忆。在《内初班的日子里》乌拉尔不仅写了学校的生活，还写了自己的暑假生活。她写羊、写牧场、写哈萨克族跟我们不一样的生活与死亡……我得承认，读过乌拉尔的这些文字后，我才知道自己一点不了解哈萨克人。尽管我生活在新疆，知道哈萨克族的风俗，在他们的毡房里喝过奶茶和酒，听他们唱过歌，但我对他们的心灵一无所知。乌拉尔为我们打开了了解他们的一扇窗户。

经过3年的学习，内初班成为每一个孩子心中最难忘、最柔软的领地——

“我一直坚信，内初班是我生命历程中最有人情味的地方。每一次点点滴滴的感动，每一次源自内心最真实的付出，每一点最真挚最温暖的关心，每一张最阳光最明媚的笑脸，都无一例外地在为我们淋漓尽致地诠释着什么叫作‘爱’。”

孩子们收获了无数的“爱”离开了内初班，他们心中的爱会像种子一样洒遍祖国大地。

2016年，她给了我17岁时写的小说《妈妈，我的天使》，小说描述了几个单亲家庭的故事，单亲妈妈、单亲孩子，她们的喜怒哀乐。

乌拉尔也是一名单亲家庭的孩子，作品在浓浓的亲情之外充满了浓郁的民族特色，哈萨克族语言的魅力也为本书增色不少。

让我惊讶的是，乌拉尔能够把3个性格迥异的孩子写得栩栩如生。

她写少女情怀：“我为了他每天记日记，记录下自己对他的喜欢，记录下他让我感动的点点滴滴，记录下我为他而疯狂的心情。为了给他准备最有意义的情人节礼物而打工，攒钱，悄悄地准备着独一无二的惊喜。我终于知道有个能让你打心眼里喜欢，愿意为之掏心挖肺的人，是件多么幸福的事情，美得就像一个谜一样……

别以为我小就可以说我不懂得爱，麻雀虽小还五脏俱全呢，我一个活生生的人，处在花季雨季的少女，当然懂得用心去喜欢一个人，也很真实地渴望着，被喜欢，被自己喜欢的人喜欢。”

她把一个单亲家庭孩子的所思所想无比细腻地书写出来，那一行行文字是能够看痛读者的。

“和妈妈还有弟弟在一起生活的我，很幸福。就像妈妈经常说的一句话：‘我所做的一切都希望能给你们一个安静、健康的生活环境，然后快乐地成长。’我想，对于一个家庭来说，没有比安定更可贵的了。虽说爸爸是一个家庭的顶梁柱，但对于像我们这样单亲家庭的孩子来说，有妈妈在，才有安全感在，有妈妈的地方，才是家。

每天回到家，都有妈妈的笑脸和香喷喷的饭菜。有时候自己也会忍不住纳闷，妈妈到底每天哪来那么多的开心事，让笑容永远在她脸上常驻，也深深地感染着我和弟弟，想不开心都难。

当我生命中，真正能依靠的人仅剩下妈妈以后，不知道我亲爱的弟弟是怎么想的，毕竟他还太小，并不曾去思考。但我非常能体会到自己对妈妈的那种依赖，不可名状的情愫。可以说，她是我的命，我不敢想象没有她我的生活会是怎样的黑暗，艰难之程度丝毫不输于假若海伦·凯勒没有沙利文老师。”

说起来难以相信，最初激励乌拉尔写下一行行文字的，竟是“让妈妈为我骄傲”这样一个愿望。这是一个女儿对母亲最朴素最直接的回报，也是一个人对生命的感恩和回望。从某种意义上来说，“妈妈”这个词，在乌拉尔心中已经不仅仅是给了她生命的那个人，她有着更广阔的指向，她既是哈萨克族妇女的代名词，也是天使的代名词。

写作有什么意义？史铁生在散文《我与地坛》里，借用朋友的愿望，表明了一个朴素的动机：“让母亲骄傲。”史铁生听到朋友的愿望，“心里一惊，良久无言”。随即他在心中羡慕起朋友的母亲“我想，他比我坦率。他又比我幸福，因为他的母亲还活着”。

相信看到这儿，文字之外的读者也感觉到默然。似乎喧嚣的心境也安静了。一个单纯的愿望，却是一份沉甸甸的情感。

听到乌拉尔跟我羞涩地说出她的写作动机时，我心里一阵轻松，多幸福的母女啊，一个可以达成所愿，一个可以享受女儿的心意。

责编乌拉尔的文字每每都会遇到一些小意外，又每每因我的执着而最终成书，小姑娘赞我是“全世界最好的编辑”。我知道自己不是，但我希望有更多的好苗子经我的手成长起来。

是的，乌拉尔的文字还显稚嫩，但这有什么呢？她还那么年轻，还有那么长的路可以慢慢走。祝福乌拉尔！